Miguel de Cervantes Saavedra

La entretenida

Barcelona **2024**
Linkgua-ediciones.com

Créditos

Título original: La entretenida.

© 2024, Red ediciones S.L.

e-mail: info@Linkgua-ediciones.com

Diseño de cubierta: Michel Mallard

ISBN tapa dura: 978-84-1126-055-8.
ISBN rústica: 978-84-9816-003-1.
ISBN ebook: 978-84-9953-714-6.

Sumario

Brevísima presentación

La vida

Miguel de Cervantes Saavedra (Alcalá de Henares, 1547-Madrid, 1616). España.

Era hijo de un cirujano, Rodrigo Cervantes, y de Leonor de Cortina. Se sabe muy poco de su infancia y adolescencia. Aunque se ha confirmado que era el cuarto entre siete hermanos. Las primeras noticias que se tienen de Cervantes son de su etapa de estudiante, en Madrid.

A los veintidós años se fue a Italia, para acompañar al cardenal Acquaviva. En 1571 participó en la batalla de Lepanto, donde sufrió heridas en el pecho y la mano izquierda. Y aunque su brazo quedó inutilizado, combatió después en Corfú, Ambarino y Túnez.

En 1584 se casó con Catalina de Palacios, no fue un matrimonio afortunado. Tres años más tarde, en 1587, se trasladó a Sevilla y fue comisario de abastos. En esa ciudad sufrió cárcel varias veces por sus problemas económicos y hacia 1603 o 1604 se fue a Valladolid, allí también fue a prisión, esta vez acusado de un asesinato. Desde 1606, tras la publicación del Quijote, fue reconocido como un escritor famoso y vivió en Madrid.

Aunque construida según el molde lopesco (cuyos rasgos parece parodiar), se separa de él al no aceptar la ineludible convención del final feliz. Los deseados casamientos de los protagonistas nunca suceden.

Personajes

Ocaña, lacayo
Cristina, fregona
Don Quiñones
Don Antonio
Marcela, su hermana
Don Francisco
Don Silvestre
Cardenio
Torrente, su criado
Muñoz, escudero de Marcela
Dorotea, [doncella de Marcela]
Don Ambrosio
Quiñones, paje
Anastasio
Músicos
Un barbero
Un alguacil
Un corchete
Don Gil, bastardo
Clavijo
Un cartero
Don Pedro Osorio, padre de [otra] Marcela

Jornada primera

(Salen Ocaña, lacayo, con un mandil y harnero, y Cristina, fregona.)

Ocaña	Mi sora Cristina, denmos.

Cristina   ¿Qué hemos de dar, mi so Ocaña?

Ocaña   Dar en dulce, no en huraña,
                  ni en tan amargos extremos.

Cristina   ¿Querría el sor que anduviese
                  de pa y vereda contino?

Ocaña   No hay quien ande ese camino
                  que algún gusto no interese.

Cristina   Siempre la melancolía
                  fue de la muerte parienta,
                  y en la vida alegre asienta
                  el hablar de argentería.
                      Motes, cuentos, chistes, dichos,
                  pensamientos regalados,
                  muy buenos para pensados,
                  y mejores para dichos.

Ocaña   Sé yo, Cristina, con quién
                  te burlas, y no es conmigo.

Cristina   ¿Sabe, Ocaña, qué le digo?

Ocaña   ¿Qué dirás que me esté bien?

Cristina   Dígole que no malicie

9

con tan dañados intentos.

Ocaña   Pues a fe que en estos cuentos
               ando por la superficie;
                   que, si llegase hasta el centro,
               ¡oh, qué diría de cosas!

Cristina   Muchas, pero maliciosas.

Ocaña   Sálenme mil al encuentro
                   del corazón a la lengua.

Cristina   No te pienso escuchar más.

Ocaña   Vuelve, Cristina; ¿a dó vas?

Cristina   Es el escucharte mengua,
                   y enfádanme tus ruindades
               y tus modos de decir.

Ocaña   El que está para morir,
               siempre suele hablar verdades.
                   Yo estoy muriendo, y confieso
               que quieres bien a Quiñones.

Cristina   De tus malas intenciones
               agora se vee el exceso;
                   agora se echa de ver
               que eres loco y laca...

Ocaña   Bueno;
               pronuncia de lleno en lleno,
               aunque el «yo» no es menester;
                   que el ser lacayo no ignoro,

sin rodeos y sin cifras.
Y mal tu venganza cifras
en no guardar el decoro
   que debes a ser fregona
de las más lindas que vi,
entre Quiñones y mí,
ya cordera, y ya leona.

Cristina   ¿Soy, por ventura, mujer
que he de avasallarme a un paje?
¿O vengo yo de linaje
de tan bajo proceder?
   ¿No soy yo la que en mi flor,
por no querer ofendella,
presumo más de doncella,
que no el Cid de Campeador?
   ¿No soy yo de los Capoches
de Oviedo? ¿Hay más que mostrar?

Ocaña   Con todo, te has de quedar,
Cristina...

Cristina   ¿A qué?

Ocaña   A buenas noches,
   Eres muy solicitada
y muy vista, y no está el toque
en que la flor no se toque,
si al serlo está aparejada.
   Las flores en el campo están
sujetas a cualquier mano:
a las del bajo villano
y a las del alto galán,
   al arado y al pie duro

del labrador que le guía;
pero la flor que se cría
tras el levantado muro
    del recato, no la ofende
el cierzo murmurador,
ni la marchita el ardor
del que tocarla pretende.
    La mujer ha de ser buena,
y parecerlo, que es más.

Cristina   Gran predicador estás;
                  mas tu dotrina condena
                      a tus lascivos intentos.

Ocaña   Lavántasles testimonio:
                  que al blanco del matrimonio
                  asestan mis pensamientos.

Cristina   A mucho te has atrevido.
                  Muestra; aquí está la cebada.

(Dale el harnero. [Vase] Cristina.)

Ocaña   Toma el harnero, agraviada
                  deste que de ti lo ha sido.
                      ¡Oh pajes, que sois halcones
                  destas duendas fregoniles,
                  de su salario alguaciles,
                  de sus vivares hurones!
                      Lleváioos la media nata
                  deste común beneficio;
                  dais en ella rienda al vicio,
                  sin hallar ninguna ingrata:
                      gozáis del justo botín

y de la limpia chinela,
y os reís del arandela
y del dorado chapín;
    hacéis con modos suaves
burla que os cuesta barata
de aquellas lunas de plata
que van pisando las graves.
    ¡Qué presto Cristina vuelve
con la cebada y Quiñones!
¡Corazón, triste te pones!
¡La sangre se me revuelve
    en ver a estos dos tan juntos,
tan domésticos y afables!

([Sale] Cristina, con la cebada, y Quiñones, el paje.)

Cristina   No le mires ni le hables.
Si le hablares, no sea en puntos
    que te descubran celoso;
que hará mil suertes en ti.

Quiñones   Aunque mozo, nunca fui,
ni soy, ni seré medroso.

Cristina   Advierte que está delante.
Tome, galán, la cebada.

Ocaña   ¿Bien medida?

Cristina   Y bien colmada.

Ocaña   ¿Midióla mi so galante?

Cristina   No la midió sino el diablo,

que tu mala lengua atiza.

Ocaña   Voyme a mi caballeriza,
por no ver este retablo
    destas dos figuras juntas
que no se apartan jamás.

Quiñones   En tales malicias das,
que con una mil apuntas;
    y que te engañas sé yo.

Ocaña   Y también sé yo muy bien
que a los dos estará bien
el callar.

Cristina   Yo sé que no,
    porque quien calla concede
con el mal que dél se dice.

Ocaña   Ninguno te dije o hice.

Quiñones   Ni él decir o hacerle puede.

Ocaña   Por vida suya, que abaje
el toldo; que, en mi conciencia,
que hay muy poca diferencia
entre un lacayo y un paje.
    La longura de un caballo
puede medirla a compás,
yo delante, y él dotrás:
andallo, mi vida, andallo.

([Vase] Ocaña.)

14

Cristina	¡Y que tú no tengas brío para responderle! Creo que he de recobrar mi empleo y volverme a lo que es mío.
Quiñones	¿Qué tengo de responder? ¿Ciño espada? No la ciño. Y más, que es mengua si riño con...
Cristina	Quiñones, a placer: que es Ocaña hombre de bien, y espadachín además.

([Salen] don Antonio y su hermana Marcela.)

Don Antonio	¡Porfiada, hermana, estás!
	Quiero, mas no diré a quién.
	   Tengo ausente mi alegría,
	sin saber adónde yace,
	y de aquesta ausencia nace
	toda mi melancolía.
	   Hanla escondido, y no sé
	adónde, en cielo ni en tierra;
	muévenme los celos guerra,
	y dan alcance a mi fe,
	   no porque la menoscaben:
	que, celos no averiguados,
	ministran a los cuidados
	materia porque no acaben;
	   son la leña del gran fuego
	que en el alma enciende amor,
	viento con cuyo rigor
	se esparce o turba el sosiego.

15

Quiñones	Aún no han echado de ver que estamos aquí nosotros.
Don Antonio	Dejadnos aquí vosotros.
Cristina	Entra aquí el obedecer.

([Vanse] Quiñones y Cristina.)

Marcela	¿Siquiera no me dirás el nombre desa tu dama?
Don Antonio	Como te llamas, se llama.
Marcela	¿Como yo?
Don Antonio	Y aun tiene más: que se te parece mucho.
Marcela (Aparte.)	(¡Válame Dios! ¿Qué es aquesto? ¿Si es amor éste de incesto? Con varias sospechas lucho.) ¿Es hermosa?
Don Antonio	Como vos, y está bien encarecido.
Marcela (Aparte.)	(El seso tiene perdido mi hermano. ¡Válgale Dioo!)

([Sale] don Francisco, amigo de don Antonio.)

Don Francisco	¿Andan hinchadas las olas

del mar de tu pensamiento?

Don Antonio   Entraos en vuestro aposento;
                   dejadnos, hermana, a solas;
                       retiraos, hermana mía.

Marcela   ¡Dios tus intentos mejore!

([Vase] Marcela.)

Don Antonio   ¿Traéis desdichas que llore,
                   o ya venturas que ría?

Don Francisco   Promesas que se han cumplido
                   con dádivas, se han probado;
                   industrias se han intentado
                   del Sinón más entendido;
                       las diligencias que he hecho
                   frisan con las imposibles;
                   linces ha habido invisibles,
                   y espías de trecho a trecho;
                       pero no puede mostrar
                   sagacidad o cautela
                   dónde han llevado a Marcela;
                   cosa que es para admirar.
                       Solamente se imagina
                   que una noche la sacó
                   su padre, y se la llevó;
                   pero adónde, no se atina.

Don Antonio   ¿Si podrá la astrología
                   judiciaria declarallo?

Don Francisco   Yo no pienso interrogallo;

17

que tengo por fruslería
  · la ciencia, no en cuanto a ciencia,
sino en cuanto al usar della
el simple que se entra en ella
sin estudio ni experiencia.
    Si acaso Marcela fuera
alguna joya perdida,
yo buscara otra salida,
que buena en esto la diera.
    Santos hay auxiliadores
veinte, o más, o no sé cuántos;
pero no querrán los santos
curarnos de mal de amores.
    A la justa petición
siempre favorece el Cielo.

Don Antonio	Pues, ¿no es muy justo mi celo?
	¿No está muy puesto en razón?
	¿Busco yo a Marcela acaso
	sino para ser mi esposa?
	¿Della pretendo otra cosa?
Don Francisco	O vámonos, o habla paso:
	que no sabes quién te escucha.
Don Antonio	Vamos, amigo, y advierte
	que fío mi vida y muerte
	de tu discreción, que es mucha.

([Vanse] don Antonio y don Francisco. Entran Cardenio, con manteo y sotana, y tras él Torrente, capigorrón, comiendo un membrillo o cosa que se le parezca.)

Cardenio	Vuela mi estrecha y débil esperanza
	con flacas alas, y, aunque sube el vuelo

a la alta cumbre del hermoso cielo,
jamás el punto que pretende alcanza.
   Yo vengo a ser perfecta semejanza
de aquel mancebo que de Creta el suelo
dejó, y, contrario de su padre al celo,
a la región del cielo se abalanza.
   Caerán mis atrevidos pensamientos,
del amoroso incendio derretidos,
en el mar del temor turbado y frío;
   pero no llevarán cursos violentos,
del tiempo y de la muerte prevenidos,
al lugar del olvido el nombre mío.

   ¿Comes? Buena pro te haga;
la misma hambre te tome.

Torrente   No puede decir que come
el que masca y no lo traga.
   No se me vaya a la mano,
que désta, si acaso es culpa,
ser me sirve de disculpa
el membrillo toledano.
   Sé cierto que decir puedo,
y mil veces referillo:
espada, mujer, membrillo,
a toda ley, de Toledo.
   Las acciones naturales
son forzosas, y el comer,
una dellas viene a ser,
y de las más principales;
   y esto aquí de molde viene,
y es una advertencia llana:
come el rico cuando ha gana,
y el pobre, cuando lo tiene.

| Cardenio | Con todo, me darás gusto |
| | de que en la calle no comas. |

Torrente	Si estas niñerías tomas
	por deshonra o por disgusto,
	yo me aturaré la boca
	con cal y arena a pisón.

| Cardenio | Sé que tienes discreción. |

| Torrente | ¡Y golosina no poca! |

| Cardenio | Sabes lo que nunca supo |
| | el diablo. |

| Torrente | Y aun soy peor. |

| Cardenio | ¿Vuelves a comer, traidor? |

| Torrente | Ya no como, sino chupo. |

([Sale] Muñoz, escudero de Marcela.)

| | Pero ves dónde parece |
| | tu Santelmo. |

Cardenio	Así es verdad,
	puesto que mi tempestad
	nunca mengua y siempre crece.
	En estas benditas manos
	tengo mi remedio puesto.

| Muñoz | Vos veréis cómo echo el resto |

en daros consejos sanos.
  Advertid, hijo, que son
las canas el fundamento
y la basa a do hace asiento
la agudeza y discreción.
  En la mucha edad se muestra
que asiste toda advertencia
porque tiene a la experiencia
por consejera y maestra;
  y estas canas no han nacido
en aqueste rostro acaso.

Cardenio   Hablad, señor Muñoz, paso,
                  que ya os tengo conocido,
                    y sé que sabéis cortar,
                  colgado del aire, un pelo.

Muñoz   Así me ayude a mí el cielo
                  como os pienso de ayudar;
                    porque el premio es el que aviva
                  al más torpe ingenio y rudo.

Cardenio   Si es premio este pobre escudo,
                  vuestra merced le reciba
                    con aquella voluntad
                  sana con que yo le ofrezco.

Muñoz   ¡Oh señor, que no merezco
                  tanta liberalidad!

Torrente   Tomóle, besóle y diole
                  quizá perpetua clausura;
                  del oro la color pura
                  sin duda que enamoróle,

porque tiene una virtud
de alegrar el corazón,
y la avara condición
vive con la senetud.
    Pero, ¿a qué pecho no doma
la hambre del oro?

Muñoz   Escucha,
y con advertencia mucha,
hijo, este consejo toma.
    De Marcela no hay pensar
que es de tan tiernos aceros,
que la han de ablandar terceros,
ni rogar, ni porfiar,
    ni lágrimas, ni suspiros,
ni voluntad verdadera:
que son con ella de cera
de amor los más fuertes tiros.
    A las olas que se atreven
a embestirla por amar,
se muestra roca en la mar,
que la tocan y no mueven.
    Esto con Marcela pasa.

Cardenio   No me acobardes y espantes.

Torrente   ¡Oh, cuántos destos diamantes
he visto volver de masa!
    ¡Cuántas he visto rendidas
a un billete trasnochado!
¡Cuántas, sin darlas, han dado
de ganadas en perdidas!
    ¡Cuántas siguen sus antojos
en mitad de su recato!

¡Cuántas en el dulce trato
tropiezan, y aun dan de ojos!

Muñoz   Pues ni Marcela tropieza
ni cae.

Torrente   ¡Gran milagro!

Cardenio   Calla;
que es extremo que se halla
hoy en la naturaleza,
y el señor Muñoz bien sabe
lo que dice.

Muñoz   Yo estoy cierto
que, aún más bien del que os advierto,
todo en mi señora cabe.
Pero vengamos al punto
de lo que quiero decir.

Cardenio   Hasta acabarle de oír,
estoy, Torrente, difunto.

Muñoz   Es el caso que está en Lima
un hermano de su padre
de Marcela, caballero
de ilustre y claro linaje.
De los bienes de fortuna
dicen que le cupo parte
tanta, que, entre los más ricos,
suelen por rico nombrarle.
Tiene un hijo que se llama
don Silvestre de Almendárez,
el cual con doña Marcela,

aunque prima, ha de casarse.
Cada flota le esperamos;
mas, si en esta que se sabe
que ha llegado a salvamento
no viene, echado ha buen lance.
Fíngete tú don Silvestre,
que yo te daré bastantes
relaciones con que muestres
ser él mismo; y serán tales,
que, por más que te pregunten,
podrás responder con arte,
que, acreditando el engaño,
tus mentiras sean verdades.
Aposentaránte en casa,
haránte gasajos grandes,
y tú dentro, una por una,
podrás ver cómo te vales.

Cardenio   Está bien; pero si acaso
en aquesta flota traen
cartas dese don Silvestre,
y de que no viene saben,
yo dentro en casa, ¿qué haré?
¿Cómo podrá acreditarse
tan conocida mentira
para que pase adelante?

Muñoz   Dirás que, después de escritas
y dadas, quiso tu madre
que te vinieses a España,
aunque a hurto de tu padre;
que ella, deseando verse
con nietos en quien dilate
su nombre y posteridad,

no quiso que más tardases.
Y este venirte a escondidas
podrá, señor, escusarte
de no venir con riquezas
que el ser quien eres señalen;
mas no dejes de traer
algunas piedras bezares,
y algunas sartas de perlas,
y papagayos que hablen.

Cardenio   En eso yo daré trazas
            que dese aprieto me saquen,
            y tales, que satisfagan.

Torrente   Todo aquesto es disparate.

Cardenio   La memoria sea cumplida,
            y los puntos importantes
            que en este nuevo edificio
            han de ser fundamentales,
            vengan especificados,
            de modo que me declaren
            por el mismo don Silvestre.

Muñoz   Ven por ellos esta tarde.

Cardenio   Volverá este mi criado.

Torrente   Volveré, si a Dios le place;
            que, sin su ayuda, no puedo,
            ni estornudar, ni mudarme.

Muñoz   Señor, si acaso, si a dicha,
            si por buena suerte traes

otro escudillo, bien puedes
con liberal mano darle:
que es invierno, y no hay bayeta,
y no será bien que pase
frío el que al incendio tuyo
procura refrigerarle.

Cardenio   No le traigo, en mi conciencia;
pero yo haré que se os saque
un vestido de bayeta,
y a mi cuenta le hará el sastre.

Muñoz   Venderéle, ¡vive Roque!
No consentiré se ensanche
Marcela con mis trofeos,
que cuestan gotas de sangre.
Vístame la que quisiere
que polido la acompañe:
que gastar yo mi bayeta
en servicio ajeno, ¡tate!
Y voyme, porque conviene
que la memoria se estampe
que fortifique este embuste.
Y a Dios quedéis.

Cardenio   Él os guarde.

Muñoz   Mire que no se le olvide
lo de la bayeta y sastre:
que en este punto consisten
sus gustos o sus pesares.

([Vase] Muñoz.)

Cardenio	¡Gran principio a mi quimera!
Torrente	Llámala, señor, dislate; torre fundada en palillos, como casica de naipes. Dime: ¿dónde están las perlas? ¿Dónde las piedras bezares? ¿Adónde las catalnicas o los papagayos grandes? ¿Dónde la prática de Indias, de los puertos y los mares que se toman y navegan? ¿Dónde la bayeta y sastre? Si quieres que tus negocios en felice punto paren, lleva, y esto te aconsejo, siempre la verdad delante. Capigorrista soy tuyo, y como padezco hambre, tengo sutil el ingenio, y en dar consejos soy sacre.
Cardenio	Yo me remito a la lista de Muñoz; tú no desmayes, que en las empresas de amor, tal vez se ha visto que valen el ingenio y la ventura más que las riquezas grandes.
Torrente	Deste laberinto, el cielo con las narices nos saque.

([Vanse. Salen] Marcela y Dorotea, su doncella.)

Dorotea	Dime, señora: ¿qué muestra
	te ha dado tu hermano tal,
	que sea indicio y señal
	de alguna intención siniestra?
	No puedo darme a entender
	que te ama viciosamente,
	aunque es caso contingente.
Marcela	¡Y cómo si puede ser!
	¿Ya no se sabe que Amón
	amó a su hermana Tamar?
	¿Y no nos vienen a dar
	Mirra y su padre ocasión
	de temer estos incestos?
Dorotea	Con todo, señora, creo
	que encamina su deseo
	por términos más compuestos,
	y esto tengo por verdad.
Marcela	Mi querida Dorotea,
	plega al Cielo que así sea;
	Él rija su voluntad.
	De contino trae en la boca
	mi nombre, a hurto me mira,
	gime a solas y suspira,
	las manos me besa y toca;
	y da por disculpa desto,
	que me parezco a su dama,
	que de mi nombre se llama.
Dorotea	¿Hase, a dicha, descompuesto
	a hacer más de lo que dices?

Marcela	No, por cierto; ni querría.
Dorotea	Pues desto, señora mía,
	no es bien que te escandalices;
	pues podrá ser que su dama
	se llame, señora, así,
	y que se parezca a ti,
	si de hermosa tiene fama.

([Sale] don Antonio, hermano de Marcela.)

Marcela	Mira do viene suspenso;
	tanto, que no echa de ver
	que aquí estamos. De su ser
	que está trastrocado pienso.
	Escuchémosle, y advierte
	cómo de Marcela trata.
Don Antonio	Es tu ausencia la que mata;
	no el desdén, aunque es tan fuerte.

¡Ay dura, ay importuna, ay triste ausencia!
¡Cuán lejos debió estar de conocerte
el que al furor de la invencible muerte
igualó tu poder y tu violencia!
    Que, cuando con mayor rigor sentencia,
¿qué puede más su limitada suerte
que deshacer la liga y nudo fuerte
que a cuerpo y alma tiene inconveniencia?
    Tu duro alfanje a mayor mal se extiende,
pues un espíritu en dos mitades parte.
¡Oh milagros de amor, que nadie entiende!
    Que, del lugar de do mi alma parte,
dejando su mitad con quien la enciende,

consigo traiga la más frágil parte.

¡Oh Marcela fugitiva
y sorda al lamento mío!
¿Cómo quiere tu desvío
que ausente muriendo viva?
　　¿Dónde te escondes? ¿Qué clima,
inhabitable te encierra?
¿Cómo a tu paz no da guerra
el dolor que me lastima?
　　¡Téngote siempre delante,
y no te puedo alcanzar!

Marcela   Para temer y pensar,
¿esto no es causa bastante?

Dorotea   　　Sí, por cierto. Nunca estés
sola, si fuere posible;
de que aspire a lo imposible,
jamás ocasión le des;
　　rómpase en tu honestidad,
en tu advertencia y recato,
la fuerza de su mal trato,
que nace de ociosidad.
　　Y vámonos, no nos vea;
dé a solas rienda a su intento.

Marcela   Yo estoy en tu pensamiento,
que es muy bueno, Dorotea.

([Vanse] Marcela y Dorotea. Sale Ocaña, de lacayo, con una varilla de membrillo y unos antojos de caballo en la mano, y pónese atento a escuchar a su amo.)

Don Antonio   　Amor, que lo imposible facilitas

con poderosa fuerza blandamente,
allanando las cumbres:
¿por qué las nubes de mi Sol no quitas?
¿Por qué no muestras por algún Oriente
las dos hermosas cumbres
que dan rayos al Sol, luz a tus ojos,
por quien te rinde el mundo sus despojos?

    ¿Qué quieres, Ocaña?

Ocaña   Quiero
herrar el bayo, señor,
y no acierta el herrador
a herralle si no hay dinero.
    Débense cuatro herraduras
y un brebajo; mira, pues,
si andarán aquellos pies,
siendo tus manos tan duras.
    Y vengo por seis raciones
que me deben: que amohína
ver que sobren a Cristina
y resobren a Quiñones,
    y que falten para mí,
que sirvo mejor que todos,
de tres y de cuatro modos.

Don Antonio   Confieso que ello es así,
    Ocaña amigo, y sabed
que todo se os pagará.
Y andad con Dios.

Ocaña   Siempre está
conmigo vuestra merced
    riguroso por el cabo.

| Don Antonio | ¿En qué modo? |

| Ocaña | ¿Yo no veo |

que, cual si fuera guineo,
bezudo y bozal esclavo,
    apenas entro en la sala
por alguna niñería,
cuando cualquiera me envía,
si no en buena, en hora mala?
    A nadie se le trasluce,
por más que yo lo procuro,
el ingenio lucio y puro
que en este lacayo luce.
    Anda conmigo al revés
fortuna poco discreta:
que, si tú fueras poeta,
quizá fuera yo marqués,
    o, por lo menos, ya fuera,
tu consejero y privado;
pero de mi corto hado
tamaño bien no se espera.
    Hay poetas tan divinos,
de poder tan singular,
que puedan títulos dar
como condes palatinos;
    y aun, si lo toman despacio,
en tiempo y caso oportuno,
no habrá lacayo ninguno
que no casen en palacio
    con doncellas de la reina,
de valor único y solo:
que, por la gracia de Apolo,
esta gracia en ellos reina.

Pero yo nací, sin duda,
para la caballeriza,
haciendo en mis dichas riza
mi suerte, que no se muda.
    El discreto es concordancia
que engendra la habilidad;
el necio, disparidad
que no hace consonancia.
    Del cuerpo por los sentidos
obra el alma, y, cuales son,
o muestra su perfección,
o términos abatidos.
    De aquesto quiero inferir
que tan sutil cuerpo tengo,
que en un instante prevengo
lo que he de hacer y decir.
    Lacayo soy, Dios mediante;
pero lacayo discreto,
y, a pocos lances, prometo
ser para marqués bastante,
    como aquel de Marinán,
de dinare, e più dinare,
si la suerte no estorbare
este bien que no me dan.

Don Antonio   ¡Alto! Vos habéis hablado
de modo que me obligáis
a que de humilde subáis
a más eminente estado,
    siendo al primero escalón
servirme de consejero;
y así, amigo Ocaña, quiero
mostraros mi corazón,
    para que, viendo patentes

las ansias que en él se anidan,
ellas a tu ingenio pidan
los remedios suficientes:
que tal vez una dolencia
casi incurable la sana
de una vejezuela cana
una fácil experiencia.

Ocaña   Dime tu mal, mi señor,
y verás cómo en tantico
tantos remedios aplico,
que sanes con el menor.
    Y si, por ventura, es
el ciego el que te atormenta,
puedes, señor, hacer cuenta
de que ya sano te ves,
    porque no se ha de tomar
conmigo el dios ceguezuelo.

Don Antonio   Que no estás en ti recelo.

Ocaña   ¿Pues en quién había de estar?
    Que, a no tomarme del vino,
por costumbre o por conhorte,
no hubiera en toda la corte
otro Catón Censorino
    como yo.

Don Antonio   Ya desvarías.
Vuélvete, Ocaña, a tu establo

([Vase] don Antonio.)

Ocaña   Aunque más sentencias hablo

y elevadas fantasías,
se me trasluce y figura,
conjeturo, pienso y hallo,
ha de ser mi sepultura.
Y está muy puesto en razón:
que, el que quiere porfiar
contra su estrella, ha de dar
coces contra el aguijón.
Cristinica estará agora
en la plaza; allá me impele
aquella fuerza que suele,
que dentro del alma mora.
Búscola como a mi centro,
y, si la encontrase yo,
nunca jugador echó
tan rico y gustoso encuentro.
Deste gusto no me prive
Amor, que en mi ayuda llamo,
y siquiera, con mi amo,
ni más medre ni más prive.

([Vase] Ocaña. Salen don Ambrosio, caballero, y Cristina, con un billete en la mano.)

Cristina   Hasta ponerle yo en parte
                      donde le vea, harélo;
                      pero en lo demás recelo
                      que no podré contentarte.
Ambrosio   Haz, amiga, que le lea:
                      que en solo aquesto consiste
                      la alegría deste triste.

Cristina   Digo que haré que le vea.
                      Quizá, por curiosidad,

querrá leerle Marcela:
que se ha de usar de cautela
con su mucha honestidad.
    No desplegaré la boca
para decirla palabra:
que en sus entrañas no labra
fuerza de amor, mucha o poca.

Ambrosio   ¿Regálala, por ventura,
don Antonio?

Cristina   Como a hermana.

Ambrosio   De ser su intención tan sana,
no sé yo quién lo asegura.
          ¡Oh padre mal advertido!

Cristina   No le tiene.

Ambrosio   Sí le tiene;
pero a mí no me conviene
el darme por entendido.
          De las cosas que sospecho
y de las que son tan graves,
tenga la lengua las llaves,
y no las arroje el pecho.

Cristina   Vete, señor, que allí asoma
un paje de casa.

Ambrosio   Amiga,
por tu industria y tu fatiga,
este pobre premio toma.
          Y prométete de mí

montes de oro, que bien puedes.

Cristina   La menor de tus mercedes
             suele ser un Potosí.

(Dale una cajita pintada. Vase Ambrosio, y entra Quiñones.)

Quiñones   ¿Quién era, Cristina, el lindo
             que con tanta sumisión
             debió encajar su razón?
             «Tuyo soy, y a ti me rindo.»
             ¡Vive el Dador de los cielos,
             que es la fregona bonita!
             Ordena, manda, pon, quita;
             ta, ta, también pide celos.

Cristina   El so paje, por su entono,
             que primero se tarace
             la lengua, que otra vez trace
             palabras, y no en mi abono.
             ¿Hásenos vuelto otro Ocaña?
             ¡Celos y más celos!

Quiñones   Calle,
             y advierta que está en la calle.

Cristina   ¡Ay! Por mi fe, que se ensaña
             el mancebito frión.

Quiñones   Cristina, menos gallarda;
             que esa gallardía aguarda...

Cristina   ¿Qué, mi rufo?

Quiñones	Un bofetón.

Cristina	¿En mi cara?

Quiñones	En la del cura
le diera, a venir a mano.

Cristina	¿Y que alzarás tú la mano
contra tanta hermosura
como pusieron los cielos
en mis mejillas rosadas?

Quiñones	Siempre son desatinadas
las venganzas de los celos.
Ocaña es éste. Camina,
y escóndete entre la gente.

([Vanse] Quiñones y Cristina, y sale Ocaña.)

Ocaña	Partió mi Sol de su Oriente,
y al ocaso se encamina,
y tras sí lleva la sombra
que le sirve de arrebol.
Para mí no es este Sol,
sino niebla que me asombra.
Plega a Dios, humilde paje,
asombro de mi esperanza,
que ni valgas por privanza,
ni te estimen por linaje;
sirvas a un catarribera,
que te dé corta ración;
sea tu estado un bodegón;
no te dé luto, aunque muera;
y cuando el cielo te adiestre

a servir a un titulado,
tu enemigo declarado
el maestresala se muestre.
    De las hachas no te valgas,
ni de relieves veas gozo,
y nunca te salga el bozo,
porque de paje no salgas.
    Póngante infames renombres;
juegues; pierdas la ración,
que es la mayor maldición
que pueden darte los hombres.

([Vase] Ocaña. Sale Muñoz.)

Muñoz   Despierto y durmiendo, estoy
pensando siempre y soñando
cuándo ha de llegar el cuándo
mude el pellejo en que estoy;
    cuándo querrá aquel planeta
que sobre mí predomina,
que remedien mi ruina
el gran sastre y la bayeta.
    Diles la memoria, y diles,
previniendo mil barruntos,
de los más sutiles puntos
las respuestas más sutiles;
    pero, con todo, me pesa
de haberme empeñado así,
porque tengo para mí
ser de peligro la empresa.

([Salen] don Antonio y Torrente en hábito de peregrino.)

Don Antonio   Mucho más es melindre que advertencia,

y hase tenido confianza poca
de quien yo soy. Por Dios, que estoy corrido.

Muñoz   ¡Válgate el diablo! ¿Qué
disfraz es éste?
Esto no puse yo en la lista.

Torrente   Digo
que el señor don Silvestre de Almendárez
no pudo más. El caso fue forzoso,
y la borrasca tal, que nos convino
alijar el navío, y echar cuanto
en su anchísimo vientre recogía
al mar, que se sorbió como dos huevos
catorce mil tejuelos de oro puro.
Al cielo las promesas y oraciones
volaban más espesas que las nubes,
que la cara del Sol cubrían entonces;
entre las cuales oraciones, una
envió don Silvestre al sumo alcázar
con tan vivos y tiernos sentimientos,
que penetró los cascos de los cielos.
Conteníase en ella que de Roma
aquello que se llama Siete Iglesias
andaría descalzo peregrino,
si Dios de aquel peligro le sacaba.
Añadió a su promesa mi persona;
añadidura inútil, aunque buena
en parte, pues que soy su amparo y báculo.
En fin: salimos mondos y desnudos
a tierra, ni sé adónde, ni sé
cómo,
habiéndose engullido el mar primero
hasta una catalnica que traíamos,

	de habilidad tan rara, y tan discreta,
	que, si no era el hablar, no le faltaba
	otra cosa ninguna.

Don Antonio   Bien, por cierto,
la habéis encarecido; aunque yo pienso
que catalnicas mudas valen poco.

Torrente   Por señas nos decía todo cuanto
quería que entendiésemos.

Muñoz   ¡Milagro!

Torrente   De perlas, ¡qué de cajas arrojamos;
tamañas como nueces, de buen tomo,
blancas como la nieve aún no pisada!;
de esmeraldas, las peñas como cubas,
digo, como toneles, y aun más grandes;
piedras bezares, pues dos grandes sacos;
anís y cochinilla, fue sin número.

Muñoz   Entre esas zarandajas, ¿por ventura
fue bayeta al mar?

Torrente   ¡Y el sastre y todo!

Muñoz   A malísimo viento va esta parva;
no me cuadra ni esquina esta tormenta,
puesto que viene bien para el embuste.

Don Antonio   ¿En qué paraje sucedió el naufragio?

Torrente   Estaba yo durmiendo en aquel trance,
y no pude del paje ver el rostro.

Don Antonio	Paraje dije; pero no me espanto,
	que aun hasta aquí os conturba la borrasca,
	ni que en ella os durmiésedes; que el miedo
	tal vez suele causar sueño profundo.
Torrente	No quiso mi señor, ni por semejas,
	de cuatro mil y más ofrecimientos
	que de darle dineros se le hicieron,
	recibir sino aquellos que bastasen
	a no pedir limosna en su viaje;
	pero no supo bien hacer la cuenta,
	porque ya casi todos son gastados.
Muñoz	¡Válgate Satanás, qué bien lo enredas!
Torrente	La primera estación fue a Guadalupe,
	y a la imagen de Illescas la segunda,
	y la tercera ha sido a la de Atocha;
	a hurto quiso verte, y esta tarde
	quiere partirse a Roma; agora queda
	en San Ginés hincado de hinojos,
	arrojando del pecho mil suspiros,
	vertiendo de sus ojos tiernas lágrimas,
	pidiendo a Dios que le encamine y guíe
	en el viaje santo prometido.
	Yo, señor, soy ternísimo de plantas,
	a quien callos durísimos enclavan,
	de tan largo camino procedidos;
	querría que se diese alguna traza
	de que por quince días descansásemos,
	para tomar aliento y refrigerio
	en el nuevo camino que se espera.
	Además, que también él es ternísimo,

y podría el cansancio fatigalle,
de modo que el camino con la vida
se acabase en un punto: caso triste
si tal viniese a ser, por el tremendo
dolor que sentiría mi señora
doña Ana de Briones, madre suya.

Don Antonio   Vamos, que yo pondré remedio en todo.

Torrente   No hay decir, señor, que yo te he visto,
porque me ha de matar si es que tal sabe.
¡Oh pecador de mí! ¡Éste es que viene!
¡En la red me ha cogido! ¡Negativa,
señor; si no, yo muero!

Don Antonio   No hayas miedo.

([Sale] Cardenio, como peregrino.)

Mi señor don Silvestre de Almendárez,
¿para qué es encubriros de quien tiene
tantas obligaciones de serviros?

Cardenio   ¡Oh traidor, malnacido! Por Dios vivo,
que os engaña, señor, este embustero:
que yo no soy aquese don Silvestre
que dices de Almendárez, sino un pobre
peregrino, y tan pobre.

Torrente   ¿Qué me miras?
Yo no le he dicho nada; y si lo he dicho,
digo que miento una y cien mil veces.
(Aparte.)   (¡Vive Dios!, que es el mismo que te digo.
Apriétale, y conjúrale, y confiese.)

Don Antonio	¡Por Dios, primo y señor, que es caso fuerte negarme esta verdad! ¿Qué importa vengas rico o pobre a tu casa, que es la mía?
Torrente	¡Eso es lo que yo digo, pesia al mundo!
Don Antonio	¿Mandabas tú a los vientos, o pudiste del proceloso mar las altas olas sosegar algún tanto? ¿No es locura hacer caso de honra los sucesos varios de la fortuna, siempre instable, o, por mejor decir, del cielo firme?
Torrente	¡Ea, señor, que ya pasa de raya tan grande pertinacia! ¡Vive Roque, señor, que es don Silvestre de Almendárez, vuestro primo y cuñado, el peregrino, y mi amo, que es más!
Cardenio	Pues tú lo dices, no quiero más negarlo, pues no importa. Dadme, señor, las manos.
Don Antonio	Doy los brazos, y el alma en su lugar, querido primo.
Cardenio [A Torrente.]	Tomad los míos, que, entre aquestos brazos, también os doy mi alma. (En rooompcnзa, no te la cubrirá pelo, si puedo.)
Torrente	Que no temo amenazas mal nacidas, porque esto es lo que importa a nuestro hecho.

44

Muñoz	¿Y cómo?
Don Antonio	No hayáis miedo que se os toque al pelo de la ropa por lo dicho.
Torrente	Mi señor es discreto, y verá presto de cuán poca importancia era el silencio, en semejante caso.
Don Antonio	Señor primo, vamos a casa, y sepa vuestra esposa vuestra buena venida y deseada.
Cardenio	Siempre he de obedecer.
Muñoz	¡Qué bien trazada quimera! Si ella llega a colmo, espero un Potosí de barras y dinero.
Torrente	¿Qué os parece, Muñoz?
Muñoz	Que me parece que es verdad cuanto ha dicho, y que lo veo.
Torrente	¡Y cómo que es verdad! Sin que le falte un átomo, una tilde, una meaja.

([Vanse] don Antonio, Cardenio y Torrente.)

Muñoz	Términos tienen estos socarrones de hacerme a mí entender que la borrasca y el alijo de ropa es verdadero. Ahora bien: veremos lo que pasa,

que, una por una, los dos ya están en casa.

Fin de la primera jornada

Jornada segunda

(Salen Marcela y Dorotea, con una almohadilla, y Cristina.)

Marcela   Andas con vergüenza poca,
Cristina, muy inquieta,
y, con puntos de discreta,
das mil puntadas de loca.
     Sabed, señora, una cosa:
que, entre las prendas de honor,
es tenida por mejor
la honesta que la hermosa.

Cristina (Aparte.)   (Señora me llama. ¡Malo!;
que ya sé por experiencia
que no hay dos dedos de ausencia
desta cortesía a un palo.)

Marcela   ¿Qué murmuras, desatada,
maliciosa y atrevida?

Cristina   Nunca murmuré en mi vida.

Marcela   ¿Qué dices?

Cristina   No digo nada.
     ¡Tenga el Señor en el cielo
a mi señora la vieja!

Marcela   Desas plegarias te deja.

Cristina   Pronúncialas mi buen celo.
     Si ella fuera viva, sé
que otro gallo me cantara,

y que ninguna no osara
reñirme; no, en buena fe.

    ¡Tristes de las mozas
a quien trujo el cielo
por casas ajenas
a servir a dueños,
que, entre mil, no salen
cuatro apenas buenos,
que los más son torpes
y de antojos feos!
¿Pues qué, si la triste
acierta a dar celos
al ama, que piensa
que le hace tuerto?
Ajenas ofensas
pagan sus cabellos,
oyen sus oídos
siempre vituperios,
parece la casa
un confuso infierno:
que los celos siempre
fueron vocingleros.
La tierna fregona,
con silencio y miedo,
pasa sus desdichas,
malogra requiebros,
porque jamás llega
a felice puerto
su cargada nave
de malos empleos.
Pero, ya que falte
este detrimento,
sobran los del ama,

que no tienen cuento:
«Ven acá, suciona.
¿Dónde está el pañuelo?
La escoba te hurtaron
y un plato pequeño.
Buen salario ganas;
dél pagarme pienso,
porque despabiles
los ojos y el seso.
Vas, y nunca vuelves,
y tienes bureo
con Sancho en la calle,
con Mingo y con Pedro.
Eres, en fin, pu...
El 'ta' diré quedo,
porque de cristiana
sabes que me precio.»
Otra vez repito,
con cansado aliento,
con lágrimas tristes
y suspiros tiernos:
¡triste de la moza
a quien trujo el cielo
por casas ajenas!

Dorotea   Señoras, ¿qué es esto?
                   Cristinica, amiga,
                   dime: ¿con qué viento
                   esta polvareda
                   has alzado al cielo?

Marcela   La desenvoltura
                   es un viento cierzo
                   que del rostro ahuyenta

la vergüenza y miedo.
Pero yo haré,
si es que acaso puedo,
si ella no se enmienda,
lo que callar quiero.

([Sale] Quiñones, el paje.)

Quiñones   Don Antonio, mi señor,
                      entra con dos peregrinos.

([Salen] don Antonio, Cardenio, Torrente y Muñoz.)

Don Antonio   ¿Vuestros intentos divinos
                      fueran disculpa al rigor
                              del no vernos?

Cardenio   Así es;
                      pero yo, señor, holgara
                      que esta deuda se pagara
                      de espacio, y fuera después
                              de mi peregrinación,
                      que no se puede excusar.

Don Antonio   Fácilmente habéis de hallar
                      en mi voluntad perdón.

Cardenio   ¿Es mi señora y mi prima?

Don Antonio   La misma.

Cardenio   ¡Oh mi señora,
                      rico archivo donde mora
                      de la belleza la prima!

No me niegues estos pies,
pues no merezco esas manos.

Dorotea   Peregrinos cortesanos
                 son éstos.

Don Antonio   No tan cortés,
                 señor primo, que mi hermana
                 está del caso suspensa.

Muñoz (Aparte.) (La traza de lo que él piensa
                 es más cortés que no sana.)

Marcela   Señor, para que me muestre
                 con el respeto debido
                 a quien sois, el nombre os pido.

Cardenio   Vuestro primo don Silvestre
                     de Almendárez; vuestro esposo,
                 o el que lo tiene de ser.

Marcela   Mudaré de proceder
                 con un huésped tan famoso:
                     los brazos habré de daros,
                 que no los pies, primo mío.

Muñoz (Aparte.) (Destos principios yo fío
                 que son más dulces que caros.)

Cardenio   No fue huracán el que pudo
                 desbaratar nuestra flota,
                 ni torció nuestra derrota
                 el mar insolente y crudo;
                     no fue del tope a la quilla

mi pobre navío abierto,
pues he llegado a tal puerto,
y pongo el pie en tal orilla;
    no mis riquezas sorbieron
las aguas que las tragaron,
pues más rico me dejaron
con el bien que en vos me dieron.
    Hoy se aumenta mi riqueza,
pues con nueva vida y ser,
peregrino llego a ver
la imagen de tu belleza.

([Sale] Ocaña.)

Ocaña   Desta común alegría
alguna parte quizá
mi tristeza alcanzará,
que está como estar solía.
    Desde aquí quiero mirarte,
si es que te dejas mirar,
de mi suerte amargo azar,
de mi bien el todo y parte.
    Puesto en aqueste rincón,
como lacayo sin suerte,
veré quizá de mi muerte
alguna resurrección.

Marcela   La desventura mayor,
más espantosa y temida,
es la de perder la vida.

Don Antonio   Primero es la del honor.

Marcela   Así es; y pues vos, primo,

con honra y vida venís,
mal haréis si mal sentís
del mal que por bien yo estimo.
   Y en llegar adonde os veis,
habéis de tener por cierto
que habéis arribado a un puerto
adonde restauraréis
   las riquezas arrojadas
al mar, siempre codicioso.

Cardenio   Tendrá el que fuere tu esposo
las venturas confirmadas.

Torrente   ¿Doncella acaso es de casa?

Cristina   No soy sino de la calle.

Torrente   Eso no; que aquese talle
a los de palacio pasa.
   ¿Sirve en ella?

Cristina   Soy servida.

Torrente   La respuesta ha sido aguda.

Ocaña   Ten, pulcra, la lengua muda;
no la descosas, perdida.

Torrente   ¿El nombre?

Cristina   Cristina.

Torrente   Bueno;
que es dulce, con ser de rumbo.

¿Túmbase?

Cristina

Yo no me tumbo.
Basta; que tiene barreno
el indianazo gascón.

Torrente

Yo, señora, como ves,
soy criollo perulés,
aunque tiro a borgoñón.

Don Antonio

Reposaréis, primo mío,
y después saber querría
del buen estar de mi tía,
de vuestro padre y mi tío.

Ocaña

¡Oh peregrino traidor,
cómo la miras! ¡Oh falsa,
cómo le vas dando salsa
al gusto de su sabor!

Torrente

Pluguiera a Dios que nunca aquí viniera;
o, ya que vine aquí, que nunca amara;
o, ya que amé, que amor se me mostrara,
de acero no, sino de blanda cera...

Cardenio

Depositario fue el mar
de tus cartas y presentes.

Ocaña (Aparte.)

(¡El alma tengo en los dientes!
¡Casi estoy para espirar!)

Torrente

...O que de aquesta fregonil guerrera,
de los dos soles de su hermosa cara,
no tan agudas flechas me arrojara,

o menos linda y más humana fuera.

Marcela	Entrad, señor, do podáis mudar vestido decente.
Cardenio	Mi promesa no consiente que esa merced me hagáis.
Torrente	Éstas sí son borrascas no fingidas, de quien no espero verdadera calma, sino naufragios de más duro aprieto.
Cardenio	No puedo mudar de traje por un tiempo limitado: que esta pobreza ha causado la tormenta del viaje.
Torrente	¡Oh, tú, reparador de nuestras vidas, Amor, cura las ansias de mi alma, que no pueden caber en un soneto!
Don Antonio	A no ser tan perfecto, primo, vuestro designio, yo hiciera que por otra persona se cumpliera.

([Vanse] Marcela, don Antonio, Dorotea, Cristina y Cardenio. Quedan en el teatro Muñoz, Torrente y Ocaña.)

| Muñoz | No me habléis, Torrente hermano,
que nos escuchan, y siento
que en nuestro famoso intento
el callar es lo más sano. |

([Vase] Muñoz.)

Ocaña   Si a mí el ojo no me miente,
sé con gran certinidad
que vuestra paternidad
tiene el alma algo doliente.
     Es Cristinica un arpón,
es un virote, una jara
que el ciego arquero dispara,
y traspasa el corazón.
     Es un incendio, es un rayo.
¿Cómo un rayo? Dos y tres.

Torrente   Y vuesa merced, ¿quién es?

Ocaña   Soy desta casa el lacayo;
     y, aunque en la caballeriza
me arrincono, el amor ciego,
con su hielo y con su fuego,
me consume y martiriza.
     Entre el harnero y pesebre,
entre la paja y cebada,
de noche y de madrugada,
me embiste de amor la fiebre.

Torrente   ¿Y es Cristina la ocasión
de tan grande encendimiento?

Ocaña   No sé quién es; sé que siento
el alma hecha un carbón.

Torrente   Si es Cristina, pondré pausa
en ciertos recién nacidos
pensamientos atrevidos
que su memoria me causa.

No pienso en manera alguna
seros rival: que sería
género de villanía
que al ser quien yo soy repugna.
    Honestísimo decoro
se guardará en esta casa,
puesto que me arda la brasa
desta niña a quien adoro.
    Quebrantaré en la pared
mis pensamientos primeros,
con gusto de conoceros
para haceros merced.
    Porque no han de naufragar
siempre las flotas: que alguna
tendrá próspera fortuna
para podérnosla dar.

Ocaña   Beso tus pies, peregrino,
único, raro y bastante
a ablandar en un instante
un corazón diamantino.
    Yo, en quien nacieron barruntos
de celos cuando te vi,
a tus pies los pongo aquí,
semivivos y aun difuntos.

Torrente   Alzaos, señor; no hagáis
sumisión tan indecente,
que humillaré yo mi frente
si es que la vuestra no alzáis.
    Dadme los brazos de amigo,
que lo hemos de ser los dos
gran tiempo, si quiere Dios,
que es de mi intención testigo.

Ocaña	Como tú, señor, me abones con tu amistad peregrina, doy por cordera a Cristina y por cabrito a Quiñones.
Torrente	Por verte con gusto, voy alegre, así Dios me salve.
Ocaña (Aparte.)	(Para éstas, que yo os calve, o no seré yo quien soy.)

([Vanse] Torrente y Ocaña. [Sale] don Ambrosio.)

Ambrosio	Por ti, virgen hermosa, esparce ufano, contra el rigor con que amenaza el cielo, entre los surcos del labrado suelo, el pobre labrador el rico grano. 　　Por ti surca las aguas del mar cano el mercader en débil leño a vuelo; y, en el rigor del Sol como del yelo, pisa alegre el soldado el risco y llano. 　　Por ti infinitas veces, ya perdida la fuerza del que busca y del que ruega, se cobra y se promete la vitoria. 　　Por ti, báculo fuerte de la vida, tal vez se aspira a lo imposible, y llega el deseo a las puertas de la gloria. 　　¡Oh esperanza notoria, amiga de alentar los desmayados, aunque estén en miserias sepultados!

([Sale] Cristina.)

Cristina	Habrá fiesta y regodeo, y la parentela toda vendrá, sin duda, a la boda.
Ambrosio	Mi norte descubro y veo. ¡Oh dulcísima Cristina!
Cristina	De alcorza debo de ser.
Ambrosio	Tribunal do se ha de ver lo que el Amor determina en mi contra o mi provecho.
Cristina	¡Extraña salutación!
Ambrosio	La lengua da la razón como la saca del pecho. Pero vengamos al punto. Mi esperanza, ¿cómo está? ¿Ha de morir? ¿Vivirá? ¿Contaréme por difunto? ¿Dificúltase la empresa? ¡Presto, que me vuelvo loco!
Cristina	Idos, señor, poco a poco, que preguntáis muy apriesa.
Ambrosio	Más apriesa me consume el vivo incendio de amor.
Cristina	En solo un punto el rigor suyo se abrevia y resume, y es que puedes ya contar a Marcela por casada.

Ya no es suya: ya está dada
a quien la sabrá estimar.

Ambrosio   No me digas el esposo,
que, sin duda, es don Antonio.

Cristina   Levantas un testimonio
que pasa de mentiroso.
      ¿Con su hermana?

Ambrosio   ¡Ah Cristinica!
¿Qué es eso? ¿Cubierta y pala
con que una obra tan mala
se apoya y se fortifica?

Cristina   Que es con su primo.

Ambrosio   ¿Qué es esto,
cielo siempre soberano?
¿Hoy primo el que ayer fue hermano?
¿Cámbiase un hombre tan presto?

Cristina   Digo que es un peregrino,
primo suyo y perulero,
de tan soberbio dinero,
que de las Indias nos vino.
    De oro más de cien mil tejos
se sorbió el mar como un huevo,
deste peregrino nuevo,
que no está de ti muy lejos,
    porque vesle allí dó asoma.

Ambrosio   ¡Y que esto en el mundo pase!

Cristina	Puesto que antes que se case, entiendo que ha de ir a Roma.

([Salen] Cardenio, Torrente y Muñoz.)

Ambrosio	Embustero y perulero, atrevido e insolente, ¿por qué te haces pariente de la vida por quien muero?
Torrente	Descornado se ha la flor; perecemos.
Muñoz	Malo es esto; la traza se ha descompuesto al primer paso.
Cardenio	Señor, no te entiendo, ni imagino por qué tan acelerado la maldita has desatado contra un noble peregrino.
Muñoz	Quien dijere que yo di lista a nadie, mentirá cuantas veces lo dirá. No sino lléguense a mí, que fabrico en ningún modo castillos mal prevenidos.
Torrente (Aparte.)	(Antes de ser convencidos, éste lo ha de decir todo. ¡Oh levantadas quimeras en el aire, cual yo dije!)

Ambrosio	Por el Cielo que nos rige,
	que si acaso perseveras
	en el embuste que intentas,
	primero que en algo aciertes,
	ha de ser una y mil muertes
	el remate de tus cuentas.
	Vuélvete a tu Potosí,
	deja lograr mi porfía.

Cardenio	Aquéste ya desvaría.

Torrente	Así me parece a mí.

Cristina	Don Francisco y mi señor
	son éstos. ¡Pies, a correr!

([Vase] Cristina. Salen don Francisco y don Antonio.)

Don Francisco	Todo aqueso puede ser:
	que a más obliga el rigor
	de un celoso, si es honrado,
	como el padre de Marcela.

Ambrosio	Éste es el que urdió la tela
	que tan cara me ha costado.
	¿Qué rigor de estrella ha sido,
	señor don Antonio, aquel
	que de piadoso en cruel
	contra mí os ha convertido?
	¿Y qué peregrino es éste,
	tan medido a vuestro intento,
	que queréis que su contento
	a mí la vida me cueste?

Mía es Marcela, si el cielo
quisiere y si vos queréis:
que en vuestra industria tenéis
de mi mal todo el consuelo.
　No es desigual mi linaje
del suyo, y su padre creo
que deste igual himeneo
no ha de recibir ultraje.
　Si él la escondió en vuestra casa
por quitármela delante,
ved, si acaso sois amante,
lo que el alma ausente pasa.

Don Francisco　　Éste habla de Marcela
　　　　　　　　Osorio, y no de tu hermana.

Don Antonio　　La presunción está llana,
　　　　　　　gran mal mi alma recela.
　　　　　　　　Desta vana presunción
　　　　　　　y mal formados antojos
　　　　　　　os han de dar vuestros ojos
　　　　　　　la justa satisfacción.
　　　　　　　　Veníos conmigo, y veréis
　　　　　　　en el engaño en que estáis.

Ambrosio　　Si a Marcela me lleváis,
　　　　　　al cielo me llevaréis.

([Vase] don Antonio, don Francisco y don Ambrosio. Quedan en el teatro Muñoz, Torrente y Cardenio.)

Cardenio　　¡Ah Muñoz, con cuán pequeña
　　　　　　ocasión habéis temblado!

Muñoz	Temo de verme brumado,
	y molido como alheña;
	temo que mis trazas den,
	mis embustes y quimeras,
	con mi cuerpo en las galeras,
	que no le estará muy bien.

Muñoz

Temo de verme brumado,
y molido como alheña;
   temo que mis trazas den,
mis embustes y quimeras,
con mi cuerpo en las galeras,
que no le estará muy bien.

Torrente

   ¿Sin apretaros la cuerda
os descoséis? ¡Mala cosa!

Muñoz

La conciencia temerosa,
de los castigos se acuerda.
   Pero desde aquí adelante
pienso ser mártir, y pienso
que paga a la culpa censo
con temor el más constante.
   Pésame que fue la lista
de mi letra y de mi mano,
y este temor, que no es vano,
todas mis fuerzas conquista.

Torrente

   Vamos a ver en qué para
el comenzado desastre.

Muñoz

Aquella bayeta y sastre
nunca el cielo lo depara.

([Vanse] todos. Salen Marcela y Dorotea.)

Marcela

   Este primo no me agrada,
dulce amiga Dorotea.
¡Plegue a Dios que por bien sea
su venida no esperada!

Dorotea	Como le ves mal vestido, no te parece galán.
Marcela	Las galas no siempre dan aire y brío, ni el vestido. Desmayado me parece, aunque atrevido tal vez.
Dorotea	De su causa eres juez.
Marcela	Basta; poco me apetece.
Dorotea	Parece que se ha templado tu hermano en su pensamiento.
Marcela	Todavía, a lo que siento, anda un poco apasionado; no se le cae de la boca mi nombre, y aun todavía descubre una fantasía que en lascivos puntos toca; mas yo no le doy lugar de que esté a solas conmigo.
Dorotea	Eso es lo que yo te digo, y lo que has de procurar.

(Aquí han de [salir] don Antonio, don Francisco, Cardenio, Torrente y Muñoz.)

Don Antonio	Mirad, señor, destas dos, cuál es la Marcela hermosa que con fuerza poderosa os tiene fuera de vos.

Ambrosio	Ésta le parece en algo,
	y no es ella; mas ya veo,
	sin duda, que es devaneo,
	y que de sentido salgo.
	Téngame Amor de su mano,
	y los cielos, si me ofenden.
Marcela	¿O me compran o me venden?
	Decidme qué es esto, hermano.
Ambrosio	No es otra cosa alguna,
	sino que la belleza
	incomparable y sola
	de otra que tiene el propio nombre vuestro,
	su donaire, su gracia,
	su honesta compostura,
	su ingenio, su linaje,
	se llevaron tras sí mis pensamientos.
	Améla honestamente,
	adoréla rendido,
	solicitéla mudo,
	aunque los ojos son parleros siempre.
	Su padre, recatado,
	por algún su desinio,
	o por mi desventura,
	llevóla, y no sé adónde.
Don Antonio	Ésta es mi historia.
Ambrosio	No con más diligencia
	la diosa de las mieses
	buscó a su hija amada
	hasta los escondrijos del infierno,
	como yo la he buscado

por cuanto las sospechas
han podido llevarme,
pensativo, solícito y ansioso.
En esto, a mis oídos
el nombre de Marcela
llegó, y vuestra hermosura;
pero no el sobrenombre de Almendárez.
Creí que don Antonio,
vuestro querido hermano,
por orden de su padre
de la Marcela Osorio, que yo busco,
en casa la tenía,
y, mal considerado,
y con los celos ciego,
hice los disparates que habéis visto.

Don Francisco   ¿Éstas no son lanzadas
que te pasan el alma?

Don Antonio   Y aun rayos que la embisten,
la hieren, desmenuzan y quebrantan.

Dorotea   Apostaré, señora,
que es ésta la Marcela
por quien tu hermano gime,
suspira y con angustia se lamenta.

Torrente   Un canto pesadísimo,
una montaña dura,
una máquina inmensa,
de acero un monte dilatado y grave,
de sobre el pecho quito.

Muñoz   Y yo de sobre el alma

una carcoma aguda.
¡Maldito seas de Dios, amante simple!
¡Qué confusos nos tuvo
aqueste mentecato!
¡Con cuán pocos indicios
trocó las dos Marcelas el cuitado!
Ya pensé que mi lista
andaba por la casa
de mano en mano. ¡Ay duro
trance, no imaginado y repentino!

Don Francisco   Pues en esta Marcela veis patente
de vuestro pensamiento el desengaño,
mostraos, señor, más cauto y más prudente
otra vez que os acose vuestro engaño,
y volved a buscar más diligente
la causa original de vuestro daño.

Ambrosio   Tiene cualquiera enamorada culpa
fácil y compasiva la disculpa.
    Erré; mas no es el yerro de tal suerte
que perdón no merezca.

Cardenio   Yo imagino
que ministró ocasión al atreverte
este pobre sayal de peregrino.

Don Antonio   La rabia de los celos es tan fuerte,
que fuerza a hacer cualquiera desatino.
Sélo yo bien, que ya me vi celoso,
atrevido, arrojado y malicioso.

Ambrosio   En siglos prolongados tu ventura
goces, ¡oh peregrino!, y tus bisnietos

te lleven a la honrada sepultura
sobre sus hombros, para el caso electos;
no menoscabe el tiempo la hermosura
de tu Marcela; celos indiscretos
no perturben tu paz en tanto cuanto
de vida os diere aliento el Cielo santo.
    Yo vuelvo a renovar mi pena antigua,
buscando aquélla que me encubre el cielo,
y, mientras dónde está no se averigua,
un Sísifo seré nuevo en el suelo.
De noche, como sombra o estantigua,
llena la vista de inmortal desvelo,
por ver el fin de mis trabajos largos,
un lince habré de ser con ojos de Argos.

([Vase] don Ambrosio.)

Marcela   Desesperado se parte.

Don Antonio   Yo sin esperanza quedo,
                       dulce Marcela, de hallarte.

Torrente   De mí se ha arredrado el miedo.

Muñoz   En mí ya no tiene parte;
                       pero, con todo, quisiera
que la lista se rompiera
que di escrita de mi mano:
que cualquier susto, aunque vano,
la mala conciencia altera.

Don Francisco   Haz cuenta, amigo, que envías,
en este amante curioso,
a buscar tu gloria espías.

Don Antonio	Con todo, estoy temeroso:
	que son tiernas sus porfías,
	y muchas, que es lo peor.
Don Francisco	Yo lo tengo por mejor:
	que este anzuelo ha de sacar
	del profundo de la mar
	la perla que escondió Amor.

([Vanse] don Francisco y don Antonio.)

Cardenio	¿No ha sido extremado el cuento,
	señora prima?
Marcela	Sí ha sido;
	aunque dél me ha parecido
	ir mi hermano descontento,
	pensativo y desabrido.
	Y es la causa que la dama
	que aquél busca, adora y ama
	como quiere Amor tirano,
	es la misma que mi hermano
	quiere, busca, nombra y llama.
	Y yo, simple, imaginaba
	ser yo la hermosa Marcela
	a quien mi hermano llamaba,
	y con malicia y cautela
	a las manos le miraba,
	a los ojos y a la boca,
	y con no advertencia poca
	ponderaba sus razones,
	sus movimientos y acciones.

Dorotea	Curiosidad simple y loca.
	Pídele perdón.
Marcela	No quiero,
	pues nunca arraigó en mi pecho
	el pensamiento primero.
Cardenio	Y más, que te ha satisfecho
	tan llano y tan por entero.
Muñoz	¿Hemos de hacer la visita
	de mi señora doña Ana?
Marcela	Todavía es de mañana,
	y el frío la gana quita
	de hacer visitas agora.
	Ven, amiga Dorotea;
	vamos donde el Sol nos vea.
Dorotea	¡Y cómo que iré, señora!
	¡Que tirito, ti, ti, ti!
	¡Insufrible frío hace!

([Vanse] Marcela y Dorotea.)

Torrente	El tuyo a mí me desplace.
	¿Para qué viniste aquí,
	Cardenio, si te has de estar
	como una estatua sin lengua?
	Allá voy, y no hago mengua.
	¿Piensas que se te ha de entrar
	la ventura por la puerta,
	y arrojársete en la cama?

Cardenio	A mi yelo y a mi llama
	ningún medio las concierta.
	Cuando de Marcela ausente
	algún breve espacio estoy,
	ardo de atrevido, y doy
	en pensar que soy valiente;
	pero apenas me da el cielo
	lugar para a solas vella,
	cuando estoy, estando ante ella,
	frío mucho más que el yelo.
Torrente	Con ese yelo no habrá
	ostugo que nos alcance.
Muñoz	Cierto que yo he echado un lance
	que a los ojos me saldrá,
	si a las espaldas no sale
	primero. ¡Oh viejo imprudente!
	Bien merecéis, inocente,
	que se evapore y exhale
	el alma con el más chico
	temor que te sobresalte.
Cardenio	Cuando yo, Muñoz, os falte,
	cuando yo no os haga rico,
	jamás del Perú me venga
	el mi esperado tesoro.
Muñoz	¡Que no me vuelva yo moro,
	y que yo paciencia tenga
	para escuchar lo que escucho!
	¿Dónde está el oro, señores
	socarrones, embaidores?

Torrente	Muñoz, que ha de venir mucho.
Muñoz	¿De qué Perú ha de venir,
	de qué México o qué Charcas?
Torrente	Cuatro cofres y seis arcas
	puedes desde luego abrir
	para echar cuatro mil barras,
	y aun son pocas las que digo.
Muñoz	Tente; que Dios sea contigo,
	Torrente, que te desgarras.
	Con el sastre y la bayeta
	estaría yo contento.
Torrente	Sastres pasarán de ciento.
Muñoz	La bayeta es la que aprieta
	al deseo de tenella.
Torrente	Déjenme los dos aquí,
	que viene Cristina allí,
	y me importa hablar con ella.

(Vanse Muñoz y Cardenio. [Sale] Cristina.)

    ¿Que es posible, flor y fruto
del árbol lindo de amor,
que ha de andar por tu rigor
siempre mi alma con luto?
    ¿Que es posible que un potente
indiano no te remate
ni que a tu dureza mate
la blandura de Torrente?

([Sale] Ocaña en calzas y en camisa, con un mandil delante, y con un harnero y una almohaza; entra puesto el dedo en la boca, con pasos tímidos, y escóndese detrás de un tapiz, de modo que se le parezcan los pies no más.)

¿Que es posible que no precies
los montones de oro fino,
y por un lacayo indino
un perulero desprecies?
¿Que no quieras ser llevada
en hombros como cacique?
¿Que huigas de verte a pique
de ser reina coronada?
¿Que, por las faltas de España,
que siempre suelen sobrar,
no quieras ir a gozar
del gran país de Cucaña?
¿Que te tenga avasallada
un lacayo de tal modo,
que por él dejes el todo,
y te acojas al nonada?
¿Que a un borracho te sujetes,
que cuela tan sin estorbos,
que unos sorbos y otros sorbos
son sus briznas y luquetes?
¡Oh mujeres, que tenéis
condición de escarabajo!

Cristina   Hablad, Torrrente, más bajo,
si por ventura podéis;
    que dicen que las paredes
a veces tienen oídos.

Torrente   Los tuyos tienes tapidos

a la voz de mis mercedes.
Deja aquese socarrón,
que tu deshonra procura,
y fabrica tu ventura
con tu mucha discreción.

Cristina   Pues, ¿quiérole yo, mezquina,
o, por ventura, hago caso
yo de buzaque?

Torrente   Hablad paso;
moderad la voz, Cristina,
que no sabéis quién os oye,
y haced con prudencia diestra
que la humilde suerte vuestra
con la que tengo se apoye,
y veréisos encumbrada
sobre el cerco de la Luna.

Cristina   Esa próspera fortuna
para mí no está guardada,
que soy una pecadora
inútil, una mozuela
de mantellina y chinela,
no buena para señora;
y más, estando abatida
y murmurada de Ocaña.

Torrente   Muéveme ese llanto a saña;
perderá Ocaña la vida.

Cristina   Con solo media docena
de palos que tú le des,
rendida vendré a tus pies.

Torrente	Blanda y moderada pena
	a tanta culpa le das;
	mejor fuera que la lengua
	que se desmandó en tu mengua
	se le cortara, y aun más.
Cristina	Palos bastan; vete en paz.
Torrente	El cielo quede contigo.
Cristina	Procura hacer lo que digo,
	secreto, astuto y sagaz.

([Vase] Torrente.)

      ¡Ay Jesús! ¿Quién está
aquí?
¿Qué pies son éstos, cuitada?

(Sale Ocaña.)

Ocaña	Cacica en hombros llevada
	desde Lima a Potosí:
	yo soy, vesme aquí presente,
	hecho estafermo sufrible
	a tu encor tan terrible
	y a los palos de Torrente.
	Pocos son media docena;
	la piedad en ti florece:
	que mi culpa bien merece
	cuatrodoblada la pena.
	Mas yo no tengo por culpa
	el amarte y avisarte

que de aquello has de guardarte
que te obligue a dar disculpa.

Cristina   Por vida tuya, lacayo
el más discreto de España,
que todo ha sido maraña
burlona y de alegre ensayo;
   porque pensaba avisarte
en viéndote.

Ocaña   Una por una,
tú estarás sobre la Luna,
sobre el Sol y aun sobre Marte;
   yo, mísero, apaleado,
tendido por ese suelo.

Cristina   Nunca tal permita el cielo.

Ocaña   Tú misma me has condenado.

Cristina   Ya te he dicho la verdad:
que burlaba; y esto baste.

Ocaña   Pues, ¿por qué, di, le intimaste
secreto y sagacidad?

Cristina   Porque, advirtiéndote a ti
del caso, y estando alerta,
fuese la burla más cierta
y más buena.

Ocaña   Fuera así,
   cuando tú no confirmaras
con lágrimas tu deseo.

Cristina	Luego, ¿no me crees?
Ocaña	Sí creo; mas reparo.
Cristina	¿En qué reparas?
Ocaña	En las lágrimas, y en ver

Cristina   Luego, ¿no me crees?

Ocaña   Sí creo;
mas reparo.

Cristina   ¿En qué reparas?

Ocaña   En las lágrimas, y en ver
que no son burlas risueñas
las que descubren por señas
matar, rajar y hender.
    Pero tú forja en tu fragua
tus embustes, que yo espero
que ha de ver el mundo entero
el que lleva el gato al agua.
    Entra y dame la cebada,
o darásmela después.
«¡Rendida vendré a tus pies!»

Cristina   ¿Esa razón no te agrada?
    Pero él no verá cumplida
tal promesa en vida suya.

Ocaña   ¿Tomara yo alguna tuya,
puesto que fuera fingida?

Cristina   No seas tan ignorante;
muestra, que yo volveré.

(Dale el harnero.)

            Con esto me quitaré
dos importunos delante.

([Vase] Cristina.)

Ocaña   Que de un lacá- la fuerza poderó-,
hecha a machamartí- con el trabá-,
de una fregó- le rinda el estropá-,
es de los cie- no vista maldició-.
     Amor el ar- en sus pulgares to-,
sacó una fle- de su pulí- carcá-,
encaró al co-, y diome una flechá,
que el alma to- y el corazón me do-.
     Así rendí-, forzado estoy a cre-
cualquier mentí- de aquesta helada pu-,
que blandamen- me satisface y hie-.
     iOh de Cupí- la antigua fuerza y du-,
cuánto en el ros- de una fregona pue-,
y más si la sopil se muestra cru-!

Fin de la segunda jornada

Jornada tercera

([Sale] don Antonio.)

Don Antonio
En la sazón del erizado invierno,
desnudo el árbol de su flor y fruto,
cambia en un pardo desabrido luto
las esmeraldas del vestido tierno.
    Mas, aunque vuela el tiempo casi eterno,
vuelve a cobrar el general tributo,
y al árbol seco, y de su humor enjuto,
halla con muestras de verdor interno.
    Torna el pasado tiempo al mismo instante
y punto que pasó; que no lo arrasa
todo, pues tiemplan su rigor los cielos.
    Pero no le sucede así al amante,
que habrá de perecer si una vez pasa
por él la infernal rabia de los celos.

([Sale] don Francisco.)

Don Francisco
Siempre han de herir los vientos,
amigo, en cualquier sazón
los ayes de tu pasión,
los ecos de tus lamentos.

Don Antonio
Si acaso quiero entonar
alguna voz de alegría,
siento que la lengua mía
se me pega al paladar.
    A mi angustia, a mi dolencia
no dan alivio los cielos:
que no le tienen los celos,
ni le consiente la ausencia.

Don Francisco	No hay extremo sin su medio,
	ni es eterna humana suerte:
	solo no tiene la muerte
	en la vida algún remedio.
	Naturaleza compuso
	la suerte de los mortales
	entre bienes y entre males,
	como nos lo muestra el uso.
	Esta verdad sé bien yo,
	sin que en probarla porfíe:
	ayer lloraba el que hoy ríe,
	y hoy llora el que ayer rió.
Don Antonio	¡Oh, qué filósofo vienes,
	don Francisco!
Don Francisco	Yo confieso
	que lo soy por el progreso
	de tus males y tus bienes.
	Dame los brazos y albricias.
Don Antonio	Los brazos veslos aquí,
	y las albricias de mí
	llevarás, si las codicias;
	pero yo no sé de qué
	me las pides.
Don Francisco	Yo las pido
	de que el Amor ha entendido
	los quilates de tu fe,
	y te la quiero premiar
	con entregarte a Marcela.

Don Antonio	Sé que es burla, y llevaréla con tu gusto y mi pesar; pero no sé qué te mueve a hacer burla de un amigo tal como yo.
Don Francisco	Verdad digo, y escucha, que seré breve. Su padre de Marcela...
Don Antonio	¡Oh nombres cordialísimos de Marcela y su padre!
Don Francisco	Escucha: no seas tonto.
Don Antonio	Escucho y soylo.
Don Francisco	Esta mañana, estando en misa en San Jerónimo, al salir de la iglesia me tomó por la mano.
Don Antonio	¡Oh dulce toque!
Don Francisco	¿Qué toque dulce puede dar la mano de un viejo? Traslúceseme, amigo, que así estáis vos en vos, como en el cuento.
Don Antonio	Luego, ¿no fue Marcela la que os tocó la mano?
Don Francisco	Que no, sino su padre.

Don Antonio	No entendí bien. Seguid, que estoy suspenso.
Don Francisco	Las pacíficas plantas
	de las olivas verdes
	fueron testigos ciertos
	destas palabras que deciros quiero.
Don Antonio	¡Oh santísimos orbes
	de todas las esferas,
	a quien inteligencias
	supernas rigen, mueven y gobiernan!
	Haced que estas razones
	en mi provecho sean;
	lleguen a mis oídos,
	siquiera esta vez sola, alegres nuevas.
Don Francisco	¡Por vida juro! ¡Muérdome
	la lengua! ¡Voto a Chito,
	que estoy por...! ¡Lleve el diablo
	a cuantos alfeñiques hay amantes!
	¡Que un hombre con sus barbas,
	y con su espada al lado,
	que puede alzar en peso
	un tercio de once arrobas de sardinas,
	llore, gima y se muestre
	más manso y más humilde
	que un santo capuchino
	al desdén que le da su carilinda...!
Don Antonio	Paréntesis es éste
	que se lleva colgada
	de cada razón suya
	mi alma aquí y allí.

Don Francisco   Pues otro queda.
Pidióle a una fregona
un amante alcorzado
le diese de su ama
un palillo de dientes, y ofrecióle
por él cuatro doblones;
y la muchacha boba
trújole de su amo,
que era viejo y sin muelas, el palillo.
Él dio lo prometido,
y, engastándole en oro,
se lo colgó del cuello,
cual si fuera reliquia de algún santo.
Gemía ante él de hinojos,
y al palo seco y suyo
plegarias enviaba
que en su empresa dudosa le ayudase.
¿Y el otro presumido,
que va a las embusteras
del cedacillo y habas,
y da crédito firme a disparates?
¡Cuerpo del mundo todo!
Descubra el hombre siempre
tal valor y tal brío,
que le muestren varón a todo trance.
No se ande con esferas,
con globos y con máquinas
de inteligencias puras;
atienda, espere, escuche, advierta y mire,
o lo que en daño suyo,
o en su pro, sus amigos
quisieren descubrirle.

Don Antonio	Atiendo, espero, escucho, advierto y miro.

Don Francisco
Digo, pues, que don Pedro,
el padre de Marcela,
me dijo estas palabras...

Don Antonio
¿Es mucho que te diga que apresures
la comenzada plática,
de cuyo fin depende
o mi vida o mi muerte?

Don Francisco
Díjome, en fin...

Don Antonio
   ¡Primero vendrá el mío!

Don Francisco
¡Colérico, enfadoso
está!

Don Antonio
   ¡Cuerpo del mundo!
Acaba, don Francisco,
que está pendiente el alma de tu boca.

Don Francisco
Dijo que yo sea parte,
como que él nada entiende,
que a Marcela, su hija,
se la demandes por mujer.

Don Antonio
   ¿Qué escucho?
¿Búrlaste, amigo, o quieres
con falsas esperanzas
entretener las mías?

Don Francisco
No burlo, juro a Dios: verdad te digo.

Don Antonio	Dame esos pies.
Don Francisco	Levanta.
Don Antonio	Y pídeme en albricias el alma, y te la diera, si ya a Marcela dado no la hubiera. Mas dime, dulce amigo: ¿tocaste, por ventura, el cuerpo de don Pedro? ¿Viste si era fantasma o no?
Don Francisco	Perdido estás desa cabeza.
Don Antonio	¿Que era don Pedro Osorio, el padre de Marcela?
Don Francisco	El mismo.
Don Antonio	¡El mismo!
Don Francisco	El mismo. ¿Qué es aquesto?
Don Antonio	A tanta desventura está el corazón hecho, que no puede dar crédito a las dichosas nuevas que le intimas; pero habrá de creerte, en fe que tú las dices: que el buen amigo vemos que es pedazo del alma de su amigo.
Don Francisco	Busca a don Pedro Osorio,

y pídele a su hija
por legítima esposa.

Don Antonio   ¿Dónde la tiene?

Don Francisco   En Santa Cruz la tiene:
un monasterio santo,
que está puesto muy cerca
de Torrejón y Cubas,
orden del rico capitán de pobres.

Don Antonio   ¿Qué le movió llevarla
a tanto encerramiento?

Don Francisco   No me metí en dibujos,
no le pregunté nada; solo estuve
atento a su demanda,
y, con la ligereza
posible, vine a darte
la dulce que has oído alegre nueva.

([Salen] Marcela y Cristina.)

Marcela   Llega, Cristina, y dile
lo que quieres.

Cristina   Ocúpame
el rostro la vergüenza,
y enmudece la lengua.

Marcela   ¡Qué melindres!
Tomarte has con un toro
y con un hombre armado,
¿y de mi hermano tiemblas?

Don Antonio	Pues, hermana, ¿queréis alguna cosa? ¿Mandáis que os sirva en algo? Pedid a vuestro gusto, que estoy en ocasión de hacer mercedes.
Marcela	En nombre de Cristina, os pido deis licencia para que aquesta noche os hagan una fiesta los de casa; Muñoz y Dorotea, Torrente con Ocaña.
Cristina	Y nuestro buen vecino el barbero también, y la barbera, que canta por el cielo y baila por la tierra, con otro oficial suyo, nos tienen de ayudar; dígalo todo.
Marcela	Dígolo todo, y digo, hermano, que yo gusto que esta fiesta se haga.
Don Antonio	Digo que soy contento, y doy licencia para que el cielo rompa en diferentes lenguas y en fiestas diferentes las cataratas del placer, y salga a playa mi contento.
Don Francisco	Y aun, a ser necesario, haré yo mi figura.

Don Antonio	Y aun yo, que soy valiente recitante.
Cristina	Mil años, señor, vivas; mil regocijos buenos el corazón te ocupen. Hacerme tengo rajas esta noche.
Don Antonio	El término decente de honestidad se guarde, Cristina.
Cristina	¡Bueno es eso! Bailaremos a fuer de palaciegos.
Don Antonio	Vamos, amigo.
Don Francisco	Vamos; aunque don Pedro agora no está en Madrid.
Don Antonio	¿Pues, dónde?
Don Francisco	A Santa Cruz es ido, y volverá mañana.
Don Antonio	Vamos a dar al cielo gracias porque ha mirado mi buen celo.

([Vanse] don Francisco y don Antonio.)

Marcela	Mira, Cristina, que sea el baile y el entremés discreto, alegre y cortés,

sin que haya en él cosa fea.

Cristina   Hale compuesto Torrente
y Muñoz, y es la maraña
casi la mitad de Ocaña,
que es un poeta valiente.
    El baile te sé decir
que llegará a lo posible
en ser dulce y apacible,
pues tiene que ver y oír:
    que ha de ser baile cantado,
al modo y uso moderno;
tiene de lo grave y tierno,
de lo melifluo y flautado.
    Es lacayuno y pajil
el entremés, y me admira
de verle una tiramira
que tiene de fregonil.

Marcela   La fiesta será estremada.

Cristina   Basta que agradable sea.

Marcela   ¿Sabe el dicho Dorotea?

Cristina   Ninguno no ignora nada
    de lo que a su parte toca.
Dame, señora, lugar,
que nos hemos de ensayar.

Marcela   Vamos.

Cristina   De gusto voy loca.

([Vanse]. Salen Torrente y Ocaña, cada uno con un garrote debajo del brazo.)

Torrente   Señor Ocaña, a esta parte,
que está más llano el camino.

Ocaña   Por esta vez, peregrino
traidor, no pienso de honrarte
  con darte el lado derecho,
porque he de tomar el tuyo.
Desas ceremonias huyo,
lánguidas y sin provecho;
  adondequiera voy bien,
al diestro o siniestro lado,
y no quiero, acomodado,
que otros lugares nos den
  del que me cupiere acaso,
y sé yo, señor Torrente,
que tiene de lo imprudente
hacer destas cosas caso.

Torrente   ¿Es daga aquese garrote,
señor Ocaña?

Ocaña   Es un palo
que por martas lo señalo
para ablandar un cogote.
  ¿Y es puñal aquese vuestro?

Torrente   Es una penca verduga
que las espaldas arruga
del maldiciente más diestro.

Ocaña   Luego, ¿vais a castigar
algún maldiciente?

Torrente	Sí.
Ocaña	Pues no pasemos de aquí, que yo también he de dar doce palos a un bellaco, socarrón, traidor, y miente.
Torrente	Si lo dices por Torrente, daré destierro a este saco, y haré en calzas y en jubón, ya con el palo o sin él, que confieses ser tú aquel desmentido y socarrón.
Ocaña	Tente, Torrente; ¿estás loco?, ten tus cóleras a raya, si quieres que yo me vaya en las mías poco a poco. ¿Han de fenecer aquí, por gustos de mozas viles, dos Héctores, dos Aquiles?
Torrente	Mueran. ¿Qué se me da a mí?

Ocaña	¡Vive Dios!, que Cristinilla
	me mandó te apalease;
	a lo menos, te reglase
	la una y otra mejilla
	    con una navaja aguda:
	que es, si en ello mirar quieres,
	entre las crudas mujeres,
	la más insolente y cruda.
	    Lo mismo a mí me mandó

que a ti.

Torrente
Sin duda, así es.

Ocaña
¿Y saldrá con su interés?

Torrente
Amigo Ocaña, eso no.
    Vivamos para beber,
pues para beber vivimos,
y estos dijes y estos mimos
con otros se han de entender
    de más tiernas intenciones
y de más sufribles lomos;
no con nosotros, que somos
malos sobre socarrones.
    Disimula; vesla allí
donde viene; disimula.

Ocaña
Ésta es la más mala mula
que en mi vida rasqué o vi.

Torrente
    Contemporicémosla.
Quizá mudará el rigor:
que su mudanza en mejor
se ha de poner en quizá.

([Sale] Cristina.)

Cristina
    Apostaré que están hechos
pedazos mis dos amantes,
que revientan de arrogantes
y de coléricos pechos.
    Pero allí están sosegados
más que en misa. ¿Cómo es esto?

Aún no se habrán descompuesto,
que son rufos recatados.

Torrente   Señora Cristina mía...

Cristina   ¿Tuya? ¡Bueno!

Torrente   Pues, ¿que no?

Cristina   ¿Quién a ti a Cristina dio?

Torrente   El dinero y la porfía.

Cristina   ¿Qué dinero?

Torrente   Aquél que pienso
darte en llegando la flota,
si no es que, de puro rota,
da al mar el usado censo.

Cristina   ¿Tú no me das algo, Ocaña?

Ocaña   Cristina, ¿yo no te he dado,
como poeta rodado,
del entremés la maraña?
    ¿Hay día que no te cebe
con dos cuartos y aun con tres?

Cristina   Si es que sale el entremés
tal que mi señor le apruebe,
    yo me daré por pagada
y satisfecha, que es más.

Torrente   Cristina, ¿no nos dirás,

si es que el caso no te enfada,
¿a cuál de los dos más quieres?

Cristina

Es injusta petición,
y aquesa declaración
no la han de hacer las mujeres
como yo; mas, si gustáis
que por señas os lo diga,
haré lo que a más me obliga
el amor que me mostráis.
Muestra si traes un pañuelo,
Ocaña.

Ocaña

Sí traigo, y roto,
y te le ofrezco devoto
con sano y humilde celo.

Cristina

Toma este mío, Torrente,
y con esto he declarado
lo que me habéis preguntado
honesta y discretamente.
Y adiós; y venid, que es hora
de ensayar el entremés.

([Vase] Cristina.)

Torrente

Si no te aclaras después,
más confuso estoy agora
que antes de hacer la pregunta.

Ocaña

Pues yo me aplico la palma,
que en mi provecho mi alma
estas razones apunta:
a ti dio, sin darle nada,

y, sin darme, a mí, tomó;
con el darte, te pagó;
llevando, queda obligada
al pago que recibió.

Torrente   A quien toman lo que tiene,
dan muestra que se aborrece;
y en el dar, claro parece
que más amor se contiene,
pues con las dádivas crece.

Ocaña   La verdad desta cuestión
quede a la mosquetería,
que tal hay que en él se cría
el ingenio de un Platón.
Estos capipardos son
poetas casi los más,
y tal vez alguno oirás
que a socapa dice cosas
que parece, de curiosas,
que las dicta Barrabás.

([Vanse] Torrente y Ocaña. Salen don Antonio, don Francisco, Cardenio y Marcela, y Muñoz.)

Don Antonio   Quiera Dios que la fiesta corresponda
al buen deseo de los recitantes.

Muñoz   Será maravillosa, porque danza
nuestro vecino el barberito, iy cómo!

(Asómase a la puerta del teatro Cristina, y dice.)

Cristina   Pónganse todos bien, que ya salimos.

Marcela	¿Han venido los músicos?

Cristina	Ya tiemplan.

([Vase] Cristina. Salen Ocaña y Torrente, como lacayos embozados.)

Torrente	Paréceme que vas algo dañado, Ocaña.

Ocaña	Cuando voy desta manera, va el juicio en su punto. Tú no sabes cómo el calor vinático despierta los espíritus muertos y dormidos. De suerte voy que pelearé con ciento, sin volver el pie atrás una semínima.

Cardenio	No es muy mala la entrada.

Muñoz	¿Cómo mala? Digo que es la mejor cosa del mundo. Yo soy su medio autor.

Torrente	Ocaña, ¿es éste el zaguán de la fiesta?

Ocaña	No diviso; que tengo las lumbreras algo turbias Adonde oyeres música, repara.

Torrente	Escucha, que aquí salen Cristina y Dorotea.

Ocaña	Cáigome de sueño.

(Salen Dorotea y Cristina como fregonas.)

Dorotea   Aquesta tarde, Cristinica amiga,
                 pienso bailar hasta molerme el alma.

Cristina   Y yo, hasta reventar he de brincarme.
                 ¡Cómo tarda Aguedilla, la del sastre!

Dorotea   ¿Díjote que vendría?

Cristina   Y Julianilla,
                 la del entallador, con Sabinica,
                 que sirve a la beata en Cantarranas.

Dorotea   Todas son bailadoras de lo fino.
                 En fregando, vendrán.

Cristina   Como nosotras,
                 que lo dejamos todo hecho de perlas.
                 De la cena no curo: que mi amo
                 dos huevos frescos sorbe, y a Dios gracias.

Dorotea   El mío nunca cena; que es asmático,
                 y con dos bocadillos de conserva
                 que toma, se santigua y se va al lecho.

Cristina   Y tu ama, ¿qué hace? ¿No se acuesta?

Dorotea   No toméis menos; puesta de rodillas
                 dentro de un oratorio, papa santos
                 dos horas más allá de los maitines.

Cristina   También es mi señora una bendita,

y, por nuestra desgracia, ellas son santas.

Dorotea   Pues, ¿no es mejor, amiga, que lo sean?

Cristina   No; ni con cien mil leguas. Si ellas fueran
resbaladoras de carcaño, acaso
tropezaran aquí, y allí rodaran;
y, sabiendo nosotras sus melindres,
tuviéramos la nuestra sobre el hito:
ellas fueran las mozas, y nosotras
fuéramos las patronas a baqueta,
como dice il toscano.

Dorotea   Verdad dices;
que el ama de quien sabe su criada
tiernas fragilidades, no se atreve,
ni aun es bien que se atreva, a darle voces,
ni a reñir sus descuidos, temerosa
que no salgan a plaza sus holguras.

Cristina   ¿Has visto qué calzado trae Lorenza,
la que sirve al letrado boquituerto?
¿Quién se le dio, si sabes?

Dorotea   Un su primo
donado, que es un santo.

Cristina   ¡Ay Dorotea,
cómo los canonizas!

Dorotea   Oye, hermana,
que los músicos suenan, y el barbero,
gran bailarín, es éste que aquí sale.

Muñoz	¡Vive el cielo!, que es cosa de los cielos el entremés.

Ocaña	Aquel viejo me enfada; que le he da dar, pondré, una bofetada.

([Salen] los músicos y el barbero, danzando al son deste romance.)

Músicos	De los danzantes la prima es este barbero nuestro, en el compás acertado, y en las mudanzas ligero. Puede danzar ante el rey, y aqueso será lo menos, pues alas lleva en los pies y azogue dentro del cuerpo. Anda, aguija, salta y corre aquí y allí como un trueno, adóranle las fregonas, respétanle los mancebos.

Ocaña	Oíganme, pido atención; no gusto destos paseos, deste dar coces al aire y puntapiés a los vientos. Toquen unas seguidillas, y entendámonos; y advierto que se juegue limpiamente, y sepan que no me duermo.

Muñoz	¿Hay tal Ocaña en el mundo? ¿Hay tal lacayo en el cielo?

Barbero	Alto, pues; vayan seguidas.

Cristina	Sí, amigo, porque bailemos.
Músicos	Madre, la mi madre, guardas me ponéis; que si yo no me guardo, mal me guardaréis.
Torrente	Esto sí, ¡cuerpo del mundo!, que tiene de lo moderno, de lo dulce, de lo lindo, de lo agradable y lo tierno.
Músicos	Dicen que está escrito, y con gran razón, que es la privación causa de apetito. Crece en infinito encerrado amor; por eso es mejor que no me encerréis: que si yo no me guardo mal me guardaréis.
Ocaña	Ya les he dicho que bailen a lo templado y honesto: que no gusto que se beban de las niñas el aliento.
Barbero	¡Por vida del so lacayo, que nos deje, que aquí haremos lo que más nos diere gusto!
Ocaña	Bailen: después nos veremos.

Músicos	Es de tal manera la fuerza amorosa que a la más hermosa vuelve en quimera. El pecho de cera, de fuego la gana, las manos de lana, de fieltro los pies: que si yo no me guardo, mal me guardaréis.
Torrente	Tampoco a mí me contentan estas vueltas ni floreos: que se requiebran bailando, pues son requiebros los quiebros.
Músicos	Señores lacayos, vayan y monden la haza, y déjennos.
Ocaña	Musiquillo de mohatra, canta y calla, que queremos estar aquí a tu pesar.
Músicos	Está bien dicho; cantemos. Que tiene costumbre de ser amorosa, como mariposa se va tras su lumbre, aunque muchedumbre de guardas le pongan, y aunque más propongan de hacer lo que hacéis:

	que si yo no me guardo, mal me guardaréis.
Torrente	Varilla de volver tripas, no hagas tantos meneos; lagartija almidonada, baila a lo grave y compuesto.
Dorotea	Bodegón con pies, camine, que aquí no le conocemos; calle o pase, porque olisca a lacayo y a gallego.
Muñoz	Éstas sí que son matracas, que tienen del caballero, de lo ilustre y de lo lindo, de lo propio y lo risueño.
Ocaña	Bailar quiero con Cristina.
Torrente	No con mi consentimiento. ¿No se acuerda el sor Ocaña que a mí me dio su pañuelo, y que, en fe de ser su cuyo, sobre ella dominio tengo, y que los rayos del Sol no la han de tocar, si puedo?
Ocaña	¿Y no sabe el so Torrente que soy aquel que merezco bailar con un arzobispo, aunque sea el de Toledo?
Cardenio	¿No pasa el baile adelante?

Ocaña	No; que ha de pasar primero de Ocaña la valentía, su venganza y su denuedo.
Torrente	¡Ay narices derribadas y tendidas por el suelo! Pero toma esta respuesta: de Tarpeya mira Nero.
Muñoz	Diole. ¡Mal haya la farsa y el autor suyo primero! Pero yo no di esta traza, ni escribí tal en mis versos.
Barbero	¡Pasado de parte a parte está el pobre Ocaña!
Marcela	¡Ay cielos!
Barbero	Yo les tomaré la sangre, que para esto soy barbero.
Dorotea	¡Mi señora se desmaya!
Don Antonio	Yo tengo la culpa desto, pues que sabía que Ocaña es buzaque en todo tiempo.
Barbero	¡Paños, estopas, aguijen; tráiganme claras de huevos!
Cardenio	¡Huye, traidor enemigo; huye, traidor, que le has muerto!

Torrente	Mire si halla mis narices, porque sin ellas no pienso salir un paso de casa.
Cardenio	¡Sal, que le has muerto!
Torrente	¡No quiero!
Dorotea	¡Ay, sin ventura, señora!
Don Antonio	Las dos llevadla allá dentro. Miren quién llama a esa puerta. ¡Y la rompen! ¿Qué es aquesto?
Don Francisco	Yo pondré que es la justicia, que a los llantos lastimeros destas muchachas acude.
Cristina	Aqueso tengo yo bueno: que no lloraré una lágrima si viese a mi padre muerto; y más, viéndome vengada destos dos amantes ciegos, importunos, maldicientes, socarrones, sacrílegos, pobres, sobre todo, y ruines: ¡mirad qué extremos extremos!

([Salen] un alguacil y un corchete.)

Alguacil	¿Qué guitarra es aquésta?
Corchete	Aquí hay sangre. ¿Qué es aquesto?

Torrente	Yo soy, que estoy sin narices.
Ocaña	Y yo, que estoy casi muerto.
Alguacil	No se me vaya ninguno; cierren esas puertas luego.
Muñoz	De aquí habremos de ir...
Dorotea	¿Adónde?
Muñoz	A la cárcel, por lo menos.
Don Antonio	¿No la habéis echado el agua?
Dorotea	Ya vuelve en sí.
Corchete	¿Qué haremos? ¿Han de ir a la cárcel todos?
Alguacil	El caso sabré primero.
Torrente	¡Que tengo de ir a Turpia!
Ocaña	¡Que esté tan cerca mi entierro! ¡Mete la tienta, cuitado, con más blandura y más tiento!
Barbero	Más de dos palmos le cuela.
Ocaña	Si yo cuatro azumbres cuelo, no es bien se mire conmigo en dos varas más o menos.

Corchete	Veamos estas narices.
Torrente	Paso, detente, reniego de tus pies y de tus patas: que las pisas, y tendremos que enderezarlas si acaso quedan chatas.
Corchete	Yo no veo en el suelo tus narices.
Torrente	Verdad, porque aquí las tengo.
Muñoz	¡Milagro, milagro, y grande!
Ocaña	Tú, compasivo barbero, por lo hueco de una bota entraste la tienta a tiento.
Don Antonio	Luego, ¿todo esto es fingido?
Ocaña	Sí, señor.
Don Antonio	¡Por Dios del cielo!, que estoy por hacer que salga lo que es fingido por cierto. ¡Desnudar, donde hay mujeres, espadas!
Torrente	¡Ah, señor bueno, qué mal sientes de sus bríos!
Don Antonio	Digo que sois majadero.

Alguacil	Luego, ¿todo aquesto es burla?
Ocaña	Todo aquesto es burla luego, pero despúes serán veras.
Cardenio	¡Qué buen relente tenemos!
Don Francisco	El picón, por Dios bendito, que ha sido de los más buenos que he visto hacer en mi vida.
Dorotea	¿Bailaremos más?
Cristina	Bailemos.
Marcela	No, porque aún no estoy en mí del sobresalto, y deseo reparar el accidente que me ha puesto en recio extremo.
Don Antonio	Entraos, hermana.
Marcela	Vení conmigo vosotras.
Torrente	Demos sobresaltado remate al principio de sosiego.

([Vanse] Cristina, Marcela y Dorotea.)

Alguacil	De que todo sea comedia, y no tragedia, me alegro;

y así, a mi ronda, señores,
con vuestra licencia, vuelvo.

([Vanse] el alguacil y el corchete.)

Cardenio   Ocaña y Torrente, digo
                que el asunto fue discreto
                del picón, y que se hizo
                con propiedad en extremo.

Muñoz   El principio todo es mío,
                pero no lo fue el progreso;
                el perulero y Ocaña
                tienen el diablo en el cuerpo.

Ocaña   Miren la herida por quien
                metió la tienta el barbero,
                que, mientras es más profunda,
                más vida y bien me prometo.

(Enseña una bota de vino.)

Torrente   Preguntar quiero otra vez,
                mis señores mosqueteros,
                quién ha de llevar la gala
                de los trocados pañuelos.
                Pensadlo para otra vez,
                que en este sitio saldremos
                con preguntas más agudas,
                con entremeses más buenos.
                Y advertid que soy Torrente,
                perulero por lo menos,
                y os daré selvas de plata
                y mil montes de oro llenos.

Ocaña	Hermanos, yo soy Ocaña,
	lacayo, mas no gallego;
	sé brindar y sé gastar
	con amigos cuanto tengo.

([Vanse] todos. [Salen] don Silvestre de Almendárez, el verdadero, con una gran cadena de oro, o que le parezca, y Clavijo, su compañero.)

Don Silvestre	Si no llega al retrato su hermosura,
	y della ha declinado alguna parte,
	podrá buscar en otra su ventura.
Clavijo	Señor, lo que yo puedo aconsejarte
	es que procures que la vista sea
	la que desta verdad ha de informarte;
	y si tu prima acaso fuere fea,
	no faltarán excusas con que impidas
	el lazo que se teme y se desea:
	que, a darle el matrimonio por dos vidas,
	las glorias que no diera la primera,
	fueran en la segunda prevenidas.
	Un nudo solo dado a la ligera,
	aprieta, estrecha y liga de tal suerte,
	que dura hasta la hora postrimera.
	No fue de Gordiano el lazo fuerte
	tan duro de romper como este ñudo,
	que solo se desata con la muerte.
	Mancebo eres, pero muy sesudo,
	y así, de que has de hacer como discreto
	tan confiado estoy, que en nada dudo.
Don Silvestre	De seguir tus consejos te prometo.

Ésta es buena coyuntura,
porque imagino que es ésta
mi prima.

Clavijo   Como es hoy fiesta,
saldrá a misa.

Don Silvestre   ¡Gran ventura!
De mi primo ésta es la casa.
Ella es; no hay qué dudar.

Clavijo   Toda la puedes mirar,
si es que descubierta pasa.

(Salen Marcela y Dorotea, con mantos, y detrás Quiñones, con una almohada
de terciopelo, y Muñoz, que lleva a Marcela de la mano.)

Marcela   Delantero cargó Ocaña,
Muñoz, en el entremés.

Muñoz   ¿No sabes, señora, que es
el mayor cuero de España?

Marcela   Desenvainar las espadas,
me dio pena.

Muñoz   Aquellas monas
nunca las sacan tizonas,
porque todas son coladas.
Embebe como esponja
vino Ocaña, y aun Torrente
bebe como hombre valiente,
sin melindre y sin lisonja.

Marcela	¿Don Silvestre queda en casa?
Dorotea	Sí, señora; y acostado.
Marcela	Mi primo es tan regalado,
	que ya de lo honesto pasa.
	¿Traes, Dorotea, las Horas?
Dorotea	Sí, señora.
Muñoz	El corazón
	me dice que hoy el sermón
	tiene de durar tres horas.

(Al pasar, don Silvestre y Clavijo hacen a Marcela una gran reverencia, y ella, ni más ni menos.)

Pero yo le oiré de modo
que fastidio no me pille.

Marcela	Luego, ¿no pensáis oílle?
Muñoz	Alguna parte, no todo.

([Vanse] Marcela, Muñoz, Dorotea y Quiñones.)

Don Silvestre	Ésta es Marcela, mi prima,
	y el retrato le parece.
Clavijo	Por cierto que ella merece
	ser tenida por la prima
	de hermosura y gentileza,
	y estaría en perfección
	grande, si su discreción

llega donde su belleza.

Don Silvestre   Primo y don Silvestre dijo,
y que quedaba acostado,
y que era muy regalado:
¿qué infieres desto, Clavijo?

Clavijo   De lo que pueda inferir,
ingenio no se resuelve;
mas el escudero vuelve,
que nos lo podrá decir.

(Vuelve Muñoz.)

Muñoz   Viejo en pie, largo sermón,
temblores de puro frío,
y el estómago vacío,
no llaman la devoción.
    Aquí, al Sol estaré, en tanto
que se quiebra la cabeza
este fraile, rica pieza,
que todos tienen por santo.

Clavijo   Díganos, señor galán:
¿quién es aquesta señora
que entró de la mano ahora?

Muñoz   ¿Adónde?

Clavijo   En San Sebastián.

Muñoz   Es Marcela de Almendárez,
doncella la más garrida
que vive en toda la corte,

más honesta y recogida.
Es su hermano don Antonio
de Almendárez. Tiene en Indias
un hermano de su padre,
rico a las mil maravillas,
un hijo del cual en casa
se huelga a pierna tendida,
esperando si de Roma
el Padre Santo le envía
licencia para casarse
con Marcela, que es su prima.

Don Silvestre   ¿Y llámase?

Muñoz   Don Silvestre
de Almendárez, y es de Lima,
y a nuestra casa llegó,
puedo decir, en camisa,
porque en una gran tormenta
echó al mar dos mil valijas
llenas de tejuelos de oro
finísimo y plata fina,
y entre ellas fue mi bayeta,
que fue oída y no fue vista.

Clavijo   ¡Válame Dios! ¡Grave caso!

Muñoz   Éste que viene podría
contaros el caso grave
con más luenga narrativa:
que se halló presente a todo,
con gran dolor de su anima.

Don Silvestre   Ánima, querréis decir.

Muñoz   No me importa a mí una guinda
                pronunciar con dinguindujes.

([Sale] Torrente.)

Torrente   Muñoz, ¿en qué está la misa?

Muñoz   En el misal: ahora empieza.

Torrente   ¿Pasó por aquí Cristina?

Muñoz   Entre la cruz creo que andáis,
                Torrente, y la agua bendita.
                Bastan las de vuestro ojos,
                sin buscar ajenas niñas;
                que es Ocaña apitonado
                y sabe mucho de esgrima.

Torrente   En este caso y en otros,
                ¿mondo yo, por dicha, níspolas?
                Y, cuando no, su cabeza
                tiene de guardar la mía.

([Sale] un cartero destos que andan por la corte dando las cartas del correo.)

Cartero   ¿Don Antonio de Almendárez,
                saben dónde vive, a dicha,
                señores?

Muñoz   Hombre de bien,
                a la vuelta, en una esquina.
                ¿Son de Roma?

Cartero	Sí, señor.

Muñoz	La dispensación sería que aguarda el gran peregrino y la en beldad peregrina. ¿Cuánto es el porte?

Cartero	Un escudo.

Muñoz	¡Hoste, puto! Vaya y diga al mayordomo de casa que le pague y la reciba.

([Vase] el cartero.)

Torrente	Agora sí que tendremos gusto abierto y rica jira, regodeos hasta el tope, lautas y limpias comidas. Mudaremos este pelo de sayal con cebollinas martas.

Muñoz	Procurad que sean ajunas, que sean más finas. Con tantos gustos, sin duda, que olvidaréis la tormenta que pasastes, que, a mi cuenta, debió ser en la Bermuda: que siempre en aquel paraje hay huracanes malignos.

Torrente	Tanto, que de peregrinos

hicimos pleito homenaje
   yo y mi señor don Silvestre;
mas yo tengo por lunático
quien sube en caballo acuático,
cuando le tiene terrestre.
   A la sorda y a la muda
íbamos muy sin placer,
cuando llegamos a ver
la venta de la Barbuda;
   pero tenía cerradas
las puertas, si viene a mano,
y no hay fiarse cristiano
de viejas que son barbadas.

Don Silvestre
   Y la canal de Bahama,
¿pasóse sin detrimento?

Torrente
   Otra canal yo no siento
que aquesta por do derrama
   sus dulces licores Baco.

Clavijo
   ¿Dónde se alijó el navío?

Torrente
   No le alijó el señor mío,
que le tuvo por bellaco;
   y más, que espera tener
hijos en su prima hermosa.

Muñoz
   La respuesta, aunque graciosa,
nos ha de echar a perder.

Don Silvestre
   ¿En el golfo de las Yeguas
sería el trance cruel?

Torrente	Creo que pasamos dél desviados cuatro leguas.
Clavijo	¿Y dónde se tomó tierra?
Torrente	En el suelo.
Don Silvestre	Dice bien.
Muñoz	Vuesas mercedes nos den licencia.
Don Silvestre	Donaire encierra el peregrino, en verdad: que, si aspirara a piloto, que yo le diera mi voto con poca dificultad, porque describe los puertos y los golfos bravamente.
Muñoz	Es estimado Torrente de los pilotos más ciertos que encierra Guadalcanal, Alanís, Jerez, Cazalla.
Torrente	Baco en sus Indias se halla, pasando por mi canal.
Muñoz	Si la plática no atajo en ocasión oportuna, vos os veis, sin duda alguna, Torrente amigo, en trabajo.

([Vanse] Torrente y Muñoz. Salen don Antonio, don Francisco y don Ambrosio trae un papel en la mano.)

Ambrosio
    Si desto albricias no dais,
o esta verdad no creéis,
ni de mi mal os doléis,
ni de mi bien os holgáis.
  Tras la noche triste mía,
amarga, lóbrega, oscura,
hizo salir la ventura
claro Sol y alegre día.
  Por las levantadas cumbres
de imposibles que temí,
mi luz clara salir vi
llena de piadosas lumbres,
  que como nortes me guían
al puerto con dulces modos,
y de los peligros todos
del mar de amor me desvían.
  Ya Marcela ha parecido,
y con esa letra y firma
todos mis bienes confirma;
ya, cual veis, soy su marido.

Don Antonio
    ¿Sabéis vos que ésta es su mano
y firma?

Ambrosio
    Sin duda alguna.

Don Antonio
  Con tan próspera fortuna,
bien es que os mostréis ufano;
  pero de su padre sé
que la casa en otra parte.

Ambrosio	Él ni nadie será parte a que se rompa la fe que con sangre viene escrita en ese papel que veis.
Don Antonio	Haga Amor que la gocéis luengo tiempo en paz bendita. Tomad, y hágaos buen provecho vuestra ventura extremada.
Don Francisco	La mujer determinada pone a todo trance el pecho. Pero veis aquí do viene, el padre de vuestra esposa.
Ambrosio	Esperarle aquí no es cosa que a mis designios conviene.

([Sale] el padre de Marcela, y vase Ambrosio, y entra también Ocaña.)

Padre	Como fue demanda honesta
	la que os hice, vengo a ver
	si vino a corresponder
	con mi intención la respuesta,
	   que ya en público la pido:
	que no quiero que rodeos
	encubran que mis deseos
	no son de padre advertido.
	   Daré al señor don Antonio...,
	deste modo lo diré,
	...mi alma, pues le daré
	a mi hija en matrimonio.
	   En ella le daré esposa
	bien nacida, cual se sabe,

y aun estremo adonde cabe
el mayor de ser hermosa;
   una niña a quien apenas
el Sol ni el viento han tocado;
un armiño aprisionado
con religiosas cadenas;
   una que son sus cuidados
de simple y tierna doncella;
y ofrezco en dote con ella
de renta dos mil ducados.

Don Antonio
   Con mucho gusto, señor
don Pedro Osorio, hiciera
lo que tan bien me estuviera,
mirando a vuestro valor;
   mas la señora Marcela
ha ganado por la mano
a vuestro intento tan sano,
que en honrarla se desvela:
   ella se ha escogido esposo,
que es el que salió de aquí.

Padre
¿Mi hija Marcela?

Don Francisco
Sí.

Padre
Padre triste, viejo astroso,
   ¿qué escuchas? ¿Cómo es aquesto?

Don Francisco
Una cédula le ha dado
de su mano, donde ha echado
de lo que es amor el resto.

Padre
¿Será falsa?

Don Francisco	Podría ser; pero imagino que no.
Padre	Pues, ¿para qué os la mostró?
Don Antonio	Turba el sentido el placer.
Padre	Primero que él la vea, primero que él la toque, primero que la goce, ha de perder la vida, o yo la mía. ¡Que venga un embustero, con sus manos lavadas, y no limpias por esto, y el alma os robe y saque de las carnes...! Mitades son del alma los hijos; mas las hijas son mitad más entera, por cuyo honor el padre ha de ser lince.
Ocaña	Por Cristo benditísimo, que la razón le sobra por cima los tejados a este pobre señor, de quien me duelo. ¡Que aquestos pisaverdes, aquestos tiquimiquis de encrespados copetes, se anden a pescar bobas con embustes...!
Don Antonio	Majadero, ¿qué es esto?
Ocaña	Yo callo y me arrepiento de lo dicho.

Don Antonio   Mostrenco,
                    ¿de cuándo acá os metéis vos en
                    docena?

Ocaña   ¡Que no pueda hacer baza
                    yo con este mi amo,
                    y, si a las discreciones
                    jugamos, quince y falta puedo darle...!

Padre   No os quiero pedir nada,
                    ni es razón que os la pida,
                    hijo, que, si lo fuérades,
                    remozara mis canas y mis días.
                    ¡Hijas inobedientes,
                    que al curso de los años
                    anticipáis el gusto,
                    destrúyaos Dios, los cielos os maldigan!

([Vase] el padre.)

Don Antonio   ¡Mi gozo está en el pozo!

Don Francisco   ¿Y si es falsa la cédula?

Don Antonio   Aunque lo sea, amigo,
                    ya el honor titubea de Marcela.
                    Cuanto más, que se sabe
                    que es bueno don Ambrosio,
                    y no levantaría
                    tan grande testimonio.

Don Francisco   Así lo creo.

124

Don Antonio	Doncella de escritorios,
	de públicas audiencias,
	de pruebas y testigos,
	no es para mí.
Ocaña	¡Sentencia aristotélica!

([Salen] Torrente y Cardenio.)

Torrente	¿A cuándo, cuitado, aguardas?
	¿Qué diligencias has hecho
	que te sean de provecho?
	¿A qué esperas? ¿A qué tardas?
	Lugar tienes y ocasión
	para rogar y fingir.
Cardenio	Yo tengo para morir,
	no para hablar, corazón.
Torrente	Tu silencio ha de ser causa
	de toda tu desventura.
Cardenio	Su honestidad y hermosura
	ponen en mi intento pausa.
	Al cabo habré de morir
	callando.
Torrente	¡Qué simple amante!
Cardenio	Medroso, mas no ignorante.
Torrente	Todo lo puedes decir.

([Salen] Marcela, Dorotea, Muñoz, Cristina, y Quiñones.)

Marcela	La torpeza en vos se halla; caminad, que os valga Dios.
Ocaña	Uno a uno, dos a dos, juntado se ha gran batalla.

([Salen] Silvestre y Clavijo.)

Don Silvestre	¿Un don Silvestre está aquí que tiene por sobrenombre Almendárez?
Cardenio	Gentilhombre, yo soy. ¿Qué queréis de mí?
Don Silvestre	Dadme, señor, vuestros pies, que soy grande servidor de vuestro padre.
Cardenio	Señor, cortés, mas no tan cortés.
Don Silvestre	Diez mil pesos ensayados, con vos, me escribe mi padre, me envía, y tres mil mi madre.
Torrente	Pesos serán bien pesados. Catorce mil se tragó el mar, como soy testigo.
Don Silvestre	Trece mil son los que digo.
Torrente	Catorce mil digo yo.

Cardenio	Es verdad; yo recibí, señor, todo ese dinero; pero el mar...
Clavijo	Aquí no hay pero.
Don Silvestre	Yo responderé por mí; callad vos. También me envía de vuestra prima un retrato.
Torrente	Sorbiósele el mar ingrato sin guardarle cortesía. Pensamos que se amansara tocándole su figura, y por respeto y mesura en su lecho se acostara; pero fue tan mal mirado, que alzó montes sobre montes, y escondió los horizontes y aun la faz del Sol dorado.
Marcela	No era reliquia el retrato.
Clavijo	No; pero si él le arrojara con devoción, se mostrara manso el mar y el cielo grato.
Torrente	Todo esto en la memoria no está, Muñoz, que nos diste, y si nos caen en el chiste, nuestra desdicha es notoria.
Don Silvestre	¿Vuesa merced tiene, acaso,

otro hermano?

Cardenio   Sí, señor.

Muñoz   No, señor. ¡Oh grande error!
                 ¡Mil sustos de muerte paso!

Clavijo   ¿Cómo se llama?

Torrente   Don Juan
                 de Almendárez.

Don Silvestre   ¿Qué edad tiene?

Torrente   Aquella que le conviene.

Ocaña   Examinándoles van,
                   y yo no sé para qué.

Don Silvestre   ¿Tocaron en la Bermuda?

Torrente   Ya he dicho desa Barbuda
                 otra vez lo que yo sé.

Don Silvestre   No ingenio, mas ignorancia,
                 es fabricar la maldad,
                 de quien está la verdad,
                 no dos dedos de distancia.
                   Yo soy, señor don Antonio,
                 vuestro primo verdadero,
                 y de ser éste embustero
                 darán claro testimonio
                   mis papeles y el retrato
                 de mi señora Marcela.

Muñoz	¡El alma se me revela! ¡Si hoy no me muero, me mato!
Don Silvestre	Dadme, señora, esos pies por vuestro primo y esposo.
Don Francisco	¡Éste es caso prodigioso!
Marcela	Cortés, mas no tan cortés.
Torrente	Tres días ha, desventurado, que, por no querer hablar, te has de ver, a bien librar, en galeras y azotado. Embistiérasla, malino, y no aguardaras a verte en la desdichada suerte y en el traje peregrino.
Don Francisco	¿Quién eres?
Cardenio	Un estudiante.
Torrente	Y yo su capigorrón, que tengo de socarrón harto más que de ignorante.
Cardenio	Solicitóme el amor a entrar en esta conquista a la sombra de una lista...
Torrente	Que la escribió este traidor de Muñoz.

Muñoz	¡Dios sea conmigo! ¡Llegó de Muñoz el fin!
Don Antonio	¡Ah escudero viejo y ruin!
Ocaña	Eso pido y eso digo.

Cardenio	Estos soles sobrehumanos,
	 por quien mi mal crece y mengua,
	 pusieron freno a mi lengua,
	 como esposas a mis manos.
	     En los rayos de sus ojos
	 se despuntaban los míos,
	 y nunca mis desvaríos
	 llegaron a darla enojos.
	     Si me queréis castigar,
	 primero advertid, señores,
	 que los yerros por amores
	 son dignos de perdonar.

Don Antonio	En albricias, el perdón te diera, mas ten aviso que el Pontífice no quiso conceder dispensación entre mi primo y mi hermana.
Marcela	Casamientos de parientes tienen mil inconvenientes.
Clavijo	El favor todo lo allana. Yo iré a Roma, y la traeré.
Don Silvestre	Yo, aunque primo verdadero,

ni quedarme en casa quiero,
ni poner en ella el pie:
    que la honra de mi prima
ha de ir contino adelante,
sin que haya otro estudiante
que la asombre o que la oprima.

Cristina
    ¿No ha de haber un casamiento
en esta casa jamás?

Ocaña
Tú, Cristina, le harás,
si te ajustas a mi intento.

Cristina
    Yo me ajusto al de Quiñones.

Quiñones
Pues yo no me ajusto al tuyo.

Cristina
¿Tú, para no ser mi cuyo,
hallas razón?

Quiñones
            Y razones.

Cristina
    Ocaña, si me deseas,
vesme aquí.

Ocaña
                No es mi linaje
tal, que lo que arroja un paje
escoja yo, ni tal creas.

Torrente
    A no estar temiendo aquí
la penca de algún verdugo,
ese arrojado mendrugo
le tomara para mí.

Cristina	¡Malos años y mal mes!
Torrente	Acordársete debía, facinorosa arpía, del pañuelo y entremés.
Marcela	Con licencia de mi hermano y de mi primo, yo quiero sentenciar al escudero y al gran embustero indiano. Trocará la mano el juego a cuyas leyes me arrimo: quedarse ha en casa mi primo, y él se salga della luego. Lleve su vergüenza a cuestas, que es la venganza mayor que puede tomar Amor de invenciones como aquéstas. A Muñoz le doy la pena que da el arrepentimiento y el destierro.
Muñoz	Yo bien siento ser ángel el que condena. Mi alma no se alboroza con sentencia que es tan pía, pues ve que yo merecía azotes, si no coroza.
Ocaña	Bien haya la lacayuna humilde y valiente raza, pues que traiciones no traza para subir su fortuna. Junto a la caballeriza,

y al olor de su caballo,
con sus bríndez, siento y hallo
que sus gustos soleniza.

Cristina

De Quiñones desechada,
y de Ocaña no escogida,
aún no he de quedar perdida,
porque espero ser ganada.
    Hace quien se desespera
un grandísimo pecado,
y es refrán muy bien pensado
que tal vendrá que tal quiera.

Dorotea

Yo sola soy sin ventura.
Es tan corto el hado mío,
que no ha alcanzado mi brío
lo que impide la hermosura.
    Nunca he sido requebrada,
ni sé amor a lo que sabe;
mas esto y mucho más cabe
en la ventura quebrada.

Torrente

Siento en aqueste desastre
solo el perder a Cristina.

Muñoz

Camina, Muñoz, camina,
pobre, sin bayeta y sastre.

(Vase.)

Dorotea

Sin Marcela, don Antonio,
se entra amargo el corazón.

(Vase.)

Don Silvestre	Y yo sin dispensación.

(Vase.)

Cristina	Cristina sin matrimonio.

(Vase.)

Clavijo	Yo seguiré de mi amigo los pasos, medio contento.

(Vase.)

Don Francisco	Yo alabaré el pensamiento de don Antonio, a quien sigo.

(Vase.)

Marcela	Yo quedaré en mi entereza, no procurando imposibles, sino casos convenibles a nuestra naturaleza.

(Vase.)

Ocaña	Esto en este cuento pasa: los unos por no querer, los otros por no poder, al fin ninguno se casa. Desta verdad conocida pido me den testimonio: que acaba sin matrimonio la comedia Entretenida.

(Vase.)

Fin de la comedia

Libros a la carta

A la carta es un servicio especializado para
empresas,
librerías,
bibliotecas,
editoriales
y centros de enseñanza;
y permite confeccionar libros que, por su formato y concepción, sirven a los propósitos más específicos de estas instituciones.

Las empresas nos encargan ediciones personalizadas para marketing editorial o para regalos institucionales. Y los interesados solicitan, a título personal, ediciones antiguas, o no disponibles en el mercado; y las acompañan con notas y comentarios críticos.

Las ediciones tienen como apoyo un libro de estilo con todo tipo de referencias sobre los criterios de tratamiento tipográfico aplicados a nuestros libros que puede ser consultado en Linkgua-ediciones.com.

Linkgua edita por encargo diferentes versiones de una misma obra con distintos tratamientos ortotipográficos (actualizaciones de carácter divulgativo de un clásico, o versiones estrictamente fieles a la edición original de referencia).

Este servicio de ediciones a la carta le permitirá, si usted se dedica a la enseñanza, tener una forma de hacer pública su interpretación de un texto y, sobre una versión digitalizada «base», usted podrá introducir interpretaciones del texto fuente. Es un tópico que los profesores denuncien en clase los desmanes de una edición, o vayan comentando errores de interpretación de un texto y esta es una solución útil a esa necesidad del mundo académico.

Asimismo publicamos de manera sistemática, en un mismo catálogo, tesis doctorales y actas de congresos académicos, que son distribuidas a través de nuestra Web.

El servicio de «libros a la carta» funciona de dos formas.

1. Tenemos un fondo de libros digitalizados que usted puede personalizar en tiradas de al menos cinco ejemplares. Estas personalizaciones pueden ser de todo tipo: añadir notas de clase para uso de un grupo de estudiantes, introducir logos corporativos para uso con fines de marketing empresarial, etc. etc.

2. Buscamos libros descatalogados de otras editoriales y los reeditamos en tiradas cortas a petición de un cliente.